NOIR LINCEUL

SÉRIE L'IMPLACABLE

1 IMPLACABLEMENT VÔTRE
2 SAVOIR C'EST MOURIR
3 PUZZLE CHINOIS
4 L'HÉROÏNE DE LA MAFIA
5 DOCTEUR SÉISME
6 CONDITIONNÉ A MORT
7 RUMBA CHEZ LES ROUTIERS
8 CONFÉRENCE DE LA MORT
9 LES FOUS DE LA JUSTICE
10 LE TYPHON DU TIERS MONDE
11 MARCHE OU CRÈVE
12 SAFARI HUMAIN
13 ROCK'N'DROGUE
14 JEUNE CADRE DYNAMITE
15 CRIMES CLINIQUES
16 POUR QUELQUES BARILS DE PLUS
17 TOTEM ATOMIQUE
18 BIFTONS BIDONS
19 DIVINE BÉATITUDE
20 FATALE FINALE
21 MAUVAISES GRAINES
22 CERVELLE TRAFIC
23 COMPTINE CRUELLE
24 CŒURS DE PIERRE
25 RÊVE MÉCANIQUE
26 BLOODY BORTSCH
27 DERNIER HOLOCAUSTE
28 CROISIÈRE DE LA MORT
29 CULTE SANGLANT
30 COLÈRE NOIRE
31 SECOURS MORTEL
32 CHROMOSOMES CANNIBALES
33 VAUDOU MACHINE
34 RAGE BLANCHE
35 TOVARITCH COW-BOY
36 PORNO-DOLLARS
37 PEUR JAUNE
38 MAFIA-CITY
39 KIDNAPPING A LA MAISON-BLANCHE
40 JEUX DANGEREUX
41 TORCHES VIVANTES
42 DOUCE ÉNERGIE

RICHARD SAPIR
WARREN MURPHY

L'IMPLACABLE

NOIR LINCEUL

TRADUIT DE L'AMÉRICAIN
PAR FRANCE-MARIE WATKINS

PLON

Titre original :

MIDNIGHT MAN

Illustration de la couverture : Loris

ISBN 2-259-01237-X

Édition originale :
ISBN : 0-523-40717-3
PINNACLE BOOKS INC. NEW YORK
New York N. Y. 10016

CHAPITRE PREMIER

En réalité, ce que Elmo Wimpler voulait inventer, c'était des flocons d'avoine ayant un goût d'œufs au jambon. Ou de crêpes. Ou de toutes ces autres choses qui dépassaient ses moyens et qu'il ne savait pas cuire.

Mais comme il ne savait pas s'y prendre, il devait se contenter de flocons d'avoine secs, ou de riz craquant, un jour du truc aux fruits, un autre le truc au chocolat. C'était drôle, quand même. S'il pouvait donner un goût de chocolat aux céréales sans y mettre de chocolat, pourquoi est-ce qu'il n'arrivait pas à en fabriquer qui ait le goût d'œufs au jambon ? Ou de grosses crêpes belges... avec des fraises à la crème ? De bœuf haché sur toast ?

Pourquoi ? Il faudrait qu'il y travaille, mais seulement quand il aurait mis au point l'invention qui le préoccupait en ce moment.

Ce matin, Elmo Wimpler ne savait même pas ce qu'il mangeait. Il avait simplement pris une boîte de céréales, en avait versé dans un bol, les avait noyées avec un mélange de lait en poudre et d'eau et s'était mis à table. Au bout d'un moment, elles avaient toutes le même goût.

Tout en déjeunant, il lisait son manuel de cyberpsychosomatique, qui promettait de lui apprendre comment devenir un homme volontaire.

Aujourd'hui, il n'avait pas le cœur à la cyberpsychosomatique, alors il referma le manuel et prit un autre livre sur la table de la cuisine : *Comment être arriviste.*

Il lut deux paragraphes et soupira. Il était incapable de devenir arriviste. Il était trop petit, il avait un caractère trop doux. Que ferait-il s'il essayait de s'imposer et si on ripostait ?

Il referma aussi ce livre et regarda par la fenêtre poussiéreuse de la petite cuisine. Il aimerait quand même essayer, rien qu'une fois. Imposer sa volonté, peut-être, à son voisin à la grande gueule, ce con sans talent. Rien qu'une fois, il aimerait remettre le grand connard à sa place et puis le forcer à regarder pendant qu'il trousserait Mme Grand-Connard. Malgré ses cheveux crêpés et sa grande gueule, elle était la créature de ses rêves et de ses fantasmes et il aurait bien voulu la sauter pour de bon.

Il se força à revenir à sa réalité, c'est-à-dire son bol de céréales pleines de grumeaux. Il le vida dans l'évier. Il sentait qu'aujourd'hui, il allait approcher de la réussite de sa nouvelle invention.

Peut-être quand ce serait fait, quand il serait acclamé, riche et puissant, alors il pourrait montrer à la voisine que les hommes ne se mesuraient pas seulement au muscle.

Elmo fit couler l'eau jusqu'à ce que les dernières traces de flocons d'avoine disparaissent. Puis il essuya vaguement le bol avec un torchon de papier et le posa sur l'égouttoir. Il partit vers sa chambre, pour ôter sa robe de chambre élimée et mettre ses vêtements également élimés, mais le désir était trop fort. Revenant dans la cuisine, il prit son manuel d'arrivisme et le lut en suivant le couloir. Il se cogna douloureusement la cheville contre un carton qui traînait par là. Puis il buta sur le chat, majestueusement étendu en travers du couloir. Le chat protesta et lui donna un méchant coup de griffe. Wimpler fit des excuses au chat.

Il s'habilla vite, en espérant se glisser dans son atelier du garage sans rencontrer son voisin à la grande gueule, Curt, ni sa femme bruyante et sexy, Phyllis. Il n'avait pas envie de les affronter aujourd'hui, alors qu'il était si prêt de la réussite.

Il sortit de chez lui par la cuisine et traversa rapidement la cour. Trop tard. Il entendit une voix féminine aiguë glapir :

— Hé, Curt ! Regarde le minable ! Il essaie de

se glisser en douce dans son garage sans qu'on le voie !

Merde.

Ne fais pas attention.

— Hé, nabot ! gueula Curt. Cette lumière de votre foutu garage nous empêche toujours de dormir ! Feriez bien de faire quelque chose, vous entendez ?

Elmo leva les yeux. Il ne les voyait toujours pas. Il savait que la lumière de son garage ne les dérangeait pas, parce qu'il n'y avait pas de lumière venant de son garage. Il avait recouvert toutes les fenêtres de plastique noir épais pour que rien ne filtre au-dehors. Mais il savait que ça ne satisfaisait pas Curt et il en avait assez de donner des explications.

— J'y travaillerai, Curt, dit-il. Excusez-moi.

— Ah, dis donc, il s'excuse, dit Phyllis. Fais-lui regretter ça, Curt. Casse-lui la gueule.

— Ouais. Je devrais, peut-être. Et écoutez, votre foutue radio, vous la faites marcher trop fort, la nuit. Qu'est-ce que vous diriez si je vous la faisais avaler, hein ?

Curt contourna le garage d'Elmo Wimpler. Un mètre quatre-vingt-dix, biceps énormes, ventre de buveur de bière, cheveux en paille de fer et bouche ricanante. Phyllis le suivait. Elle avait des cheveux blonds crêpés et ricanait aussi, mais sous le ricanement il y avait un petit haut bain-de-soleil sur des seins rebondis et un jean coupé court révélant de grosses cuisses bien rondes. Elmo la voyait souvent par la fenêtre de sa cuisine quand elle jardinait, pliée en deux comme pour lui montrer ses fesses dodues.

Il envisagea de dire à Curt qu'il n'avait pas de radio, que la seule musique qu'on pouvait entendre dans le garage c'était lui qui fredonnait. Mais à quoi bon ?

— J'essaierai de baisser le son, Curt, dit-il au colosse qui lui barrait le chemin.

— « J'essaierai de baisser le son », singea Phyllis d'une voix nasillarde. Il me rend malade. Casse-lui la gueule.

— Il en vaut pas la peine, grommela Curt en remontant son pantalon qui reprit immédiatement son inévitable glissade sur son gros ventre.

— Vas-y, Curt ! Flanque-lui ton poing dans le nez. Flanque-lui ton poing dans sa petite gueule de con.

Curt se retourna pour dire à Phyllis qu'il ne voulait pas se salir les mains avec cette ordure et Elmo en profita pour passer devant lui et se réfugier dans son garage. Il ferma et verrouilla la porte. Soudain, il fut immensément soulagé mais cela ne dura pas.

— Je vous attendrai quand vous sortirez de là, nabot ! cria Curt et sa voix, tout contre la porte, menaça de fendre le bois.

Elmo Wimpler chassa ses voisins de sa pensée. Il serait encore dans son garage longtemps après qu'ils soient couchés et endormis. Là, il avait la paix, il était entouré de ses inventions, de l'œuvre de sa vie qui lui apporterait un jour la gloire et la fortune qu'il méritait.

Mais même en y pensant, il en doutait. Il y avait si longtemps, de longues années, et maintenant le petit héritage de ses parents s'épuisait. Il faudrait qu'il fabrique bientôt quelque chose de commercial.

En allant dans le fond du garage pour allumer, il se cogna le genou contre sa voiture. Bizarre, se dit-il, qu'il ne l'ait pas vue.

Il tendit la main, tâta la voiture, le capot, l'aile, les essuie-glaces. Mais il ne pouvait pas les voir. Il ne voyait que la sombre silhouette en forme d'automobile, dans la pénombre du garage. Mais la voiture elle-même, non.

Son cœur battit un petit peu plus vite. Rapidement, il alla vers l'interrupteur, alluma et se retourna. Il faillit hurler. La peinture avait marché !

Dans la lumière crue de l'ampoule du plafond, la voiture était une silhouette noire opaque. On ne distinguait aucun de ses détails.

Ça avait marché ! Cette fois, il poussa un cri. Au diable les glapissements de Curt ! On s'en foutait ! Elmo Wimpler était sur le chemin de la réussite !

Depuis longtemps, il faisait des expériences avec diverses peintures, pour essayer d'en inventer une qui défierait la rouille et n'aurait jamais besoin d'être lustrée. Par hasard, il avait trouvé mieux. Il avait mélangé un émail noir avec une formule métallique spéciale. La peinture paraissait lisse mais, au microscope, le composé métallique était un paysage de crevasses et de vallées. De la lumière tombant sur la surface ne se reflétait pas vers l'œil de l'observateur mais ricochait à l'intérieur de la peinture, de sommet en sommet. Incapable de refléter la lumière, tout objet recouvert de cette peinture serait absolument noir — à cent pour cent noir — et uniquement visible en silhouette contre un fond plus clair. Mais sans qu'on perçoive le moindre détail. C'était une peinture invisible.

Il caressa la calandre de la vieille voiture et sentit les creux et les saillies du chrome naguère étincelant. Il retira sa main et prit du recul. La calandre était invisible.

Son cœur battait de plus en plus fort. Ça y était ! Sa grande chance ! Plus de céréales sans goût. Plus de Duconnard comme voisins. Plus de vieux matériel usé. Plus de travail dans un garage.

La peinture invisible était son passeport vers une vie nouvelle.

Une heure plus tard, il avait son nouveau mélange dans un bidon pulvérisateur. Sans se soucier des cris et des lazzis de Curt et de sa femme, il rentra vite dans sa maison et appela le numéro des ADI — Amis des Inventeurs — qu'il avait trouvé dans un magazine, un groupe commercial qui l'aiderait à faire breveter et à vendre la nouvelle peinture.

La secrétaire lui dit qu'elle pouvait lui donner un rendez-vous cet après-midi, s'il se dépêchait. Le prix de la consultation, payable d'avance aux ADI était de cinq cents dollars. En espèces.

Elmo Wimpler s'habilla de son unique costume, mit son bidon de peinture dans un sac en papier et alla à pied à sa banque. Il y avait exactement cinq cent quatre dollars à son compte et il en retira cinq cent deux. Assez pour la consultation et pour l'autobus aller et retour.

La jolie réceptionniste au siège des ADI, dans le centre de New York, le regarda curieusement quand il arriva en serrant son sac en papier sous le bras.

— Vous avez les cinq cents dollars ? demanda-t-elle. Monsieur... monsieur... Wimple, dit-elle en jetant un coup d'œil sur son bloc-notes.

— Wimpler, rectifia-t-il.

Il compta les billets, lentement pour observer ses seins moulés sous le chandail. Elle lui adressa un sourire professionnel ennuyé. Quand il lui donna l'argent, elle le recompta, le mit dans son tiroir et annonça par l'interphone :

— Mr Wimple est là.

— Wimpler, murmura Elmo.

— Faites-le entrer, fit une voix dans le haut-parleur.

Elle lui désigna une porte.

Dans le bureau, trois hommes étaient assis à une longue table. En silence, ils regardèrent Wimpler s'approcher.

Il plaça le sac en papier sur la table, s'éclaircit la gorge et déclara :

— Je suis Elmo Wimpler.

Il allait continuer mais un des hommes l'interrompit :

— Ouais, ouais, d'accord, ça va. Nous sommes le comité à qui vous devez montrer votre truc. Nous prenons les décisions, sur les inventions et tout. Montrez-nous ce que vous avez, nous n'avons pas toute la journée.

— Très bien.

Wimpler ouvrit le sac et y prit un bout d'étoffe noire, un petit vase et le bidon de peinture. Il disposa le rideau noir sur un tableau accroché au mur.

— Allons, allons, plus vite que ça, grogna le même homme. Vous ne plantez pas un décor, mon vieux. On a un tas d'autres génies à voir, alors ne nous faites pas perdre notre temps.

Elmo arrangea le tissu noir, pour qu'il soit bien lisse.

— Bon Dieu, qu'est-ce que c'est que ce type, un décorateur ? demanda un autre.

Wimpler ne fit pas attention à lui. Quand ils verraient son invention, ils comprendraient bien qu'il n'était pas un cinglé, qu'il n'était pas là pour gaspiller leur temps et son argent.

Il déplaça une petite table, la mit sous le tableau et posa le petit vase blanc dessus. C'était une simili-opaline bon marché.

Sans s'occuper des trois hommes, il vaporisa le vase blanc de peinture noire. Puis il se retourna, l'air satisfait. Ils le regardèrent comme s'il tombait d'une autre planète.

— Et alors ? Maintenant vous avez un vase noir ! Et avant, il était blanc.

— Attendez. Ça sèche vite, dit Elmo.

Il se retourna pour regarder lui-même. La peinture séchait sous ses yeux et, en même temps, le contour du vase semblait disparaître. Et, une fois la peinture sèche, le vase fut absolument invisible devant le fond noir.

— Invisible ! annonça Elmo avec un petit sourire fier.

— Et à quoi ça peut bien servir, un vase invisible ? Pourquoi est-ce qu'on irait acheter un vase invisible ?

Les trois hommes se mirent à rire, en se donnant des coups de coude. Elmo Wimpler n'en croyait ni ses yeux ni ses oreilles. Est-ce qu'ils étaient aveugles ? Ils ne comprenaient donc pas l'importance de cette invention ?

— C'est invisible, expliqua-t-il. C'est une peinture invisible. Vous ne comprenez pas ? Tout ce que vous peindrez de cette couleur ne pourra refléter aucune lumière. Contre un fond plus clair, vous ne verriez qu'une silhouette. Vous ne pourriez distinguer aucun détail.

— La belle affaire ! Et si on peignait une bagnole de cette couleur ?

— C'est vrai ça, dit un autre homme. On ne se souvient jamais où c'est qu'on a laissé sa bagnole, alors si on ne la voyait même pas ce serait encore pire. Les gens vous rentreraient dedans. La nuit, par exemple, qui c'est qui veut d'une voiture qui ne se voit pas ?

Ils recommencèrent à s'esclaffer et Elmo ferma les yeux, en essayant de se rappeler quelques paragraphes essentiels de *Comment être arriviste*. Riposte, se dit-il. Riposte. Mais il était incapable de prononcer le moindre mot pour sa défense. Il les observa, impuissant, en écoutant leur bavardage idiot.

— Tu as toujours cette Cadillac, Ernie ? demanda un des hommes.

— Ouais, mais je songe à la vendre.

— Pourquoi ? Elle est superbe.

— Ouais, mais elle bouffe de l'essence à en crever.

— Ça ne fait rien, elle ne me déplairait pas.

Mais faudrait changer la couleur, dit le premier et tous trois se rappelèrent soudain Wimpler. Vous, là, vous auriez quelque chose de mauve ? Le mauve sera la couleur à la mode, cette année. Beaucoup de mauve. Peut-être, si vous pouviez nous faire quelque chose de mauve ?

— Pour les gosses, peut-être, hasarda Ernie. Des fois, ils aiment bien rendre des trucs invisibles, comme qui dirait quand ils ne veulent pas que leurs parents les trouvent. Des fois, si on badigeonnait un joint de marijuana avec ce truc... est-ce que ça changerait le goût ? Elle a goût à quoi, cette peinture ?

— Son goût ? marmonna Wimpler en secouant la tête et en clignant des yeux.

— Ben oui, quoi, si ça a goût à merde, ça donnerait un goût de merde à l'herbe et personne n'en voudrait. Mais si ça ne change pas le goût, alors quelqu'un voudrait peut-être faire de la marijuana invisible.

— Je crois que nous sommes d'accord, dit le troisième homme, qu'il ne serait pas prudent de représenter cet article sous sa forme actuelle.

Tous trois hochèrent la tête.

— Travaillez le goût, suggéra Ernie.

— Et la couleur, dit un autre.

— Du mauve, dit le troisième. Travaillez le mauve. La couleur à la mode cette année.

— C'est tout ? demanda Elmo. Vous parlez

de voitures, vous parlez de mauve, vous m'accordez deux minutes et puis adieu ?

— C'est ça, déclara le chef de l'équipe. Ce n'est pas pratique sous sa forme actuelle, Mr Wimple.

— Wimpler.

— Ouais, Wimpler. Je crains que ce ne soit pas pratique. Par exemple, si vous faisiez quelque chose avec un barbecue, peut-être. Les gens se remettent aux barbecues, avec toute cette inflation. Mais pas des barbecues invisibles. Y a pas de marché pour ça.

— Essayez du mauve, insista un autre.

— Je vous ai payés cinq cents dollars ! cria Wimpler.

— Non remboursables, trancha Ernie. Vous l'avez compris en entrant. Non remboursables. Nous avons d'autres personnes à voir, Mr Simple, alors si vous avez fini ?... Nous devons recevoir un monsieur avec un gratte-dos qui doit révolutionner l'art de se gratter dans le dos.

— Ça me paraît intéressant, dit un autre des juges et le troisième suggéra que ça se vendrait peut-être mieux en mauve.

Un gratte-dos.

Elmo Wimpler décrocha son rideau, prit son vase noir invisible et son bidon et s'en alla en secouant la tête. En sortant, il ne remarqua même pas les quatre-vingt-quinze de tour de poitrine de la réceptionniste. Elle était fort occupée à parler à un homme qui lui proposait de lui démontrer l'utilité de son gratte-dos pour se gratter aussi par-devant.

En rentrant chez lui, Elmo avait déjà décidé de financer lui-même la promotion et la vente de sa peinture invisible. Grâce à Dieu, il avait de l'argent — un peu — en actions et économies. Il téléphona au banquier qui gérait l'héritage de ses parents et lui demanda combien il lui restait.

— Rien, répondit le financier.

— Rien ? Comment est-ce possible ? Il y a une erreur.

Mon Dieu, faites que ce soit une erreur ! pensa Elmo.

— Je suis navré, Elmo, mais j'ai vu une occasion d'accroître vos économies et j'ai fait des investissements.

— Je n'ai pas autorisé des investissements ! protesta Wimpler.

— Je sais, répliqua assez désagréablement le banquier. Mais je savais que vous ne diriez rien. Alors j'ai placé votre argent en or.

— Et l'or est tombé de huit cents dollars à six cents l'once. Il devrait me rester quelque chose.

— Non, expliqua patiemment le banquier. J'ai acheté à la marge. La baisse de deux cents dollars vous a lessivé. Je regrette.

— Ma maison. Je peux l'hypothéquer. Qu'est-ce que ça me rapporterait ?

— Trop tard. Vous auriez dû me téléphoner la semaine dernière. Je l'ai hypothéquée.

— Merde, gronda Wimpler.

— Ecoutez, si vous me faisiez savoir de temps en temps ce que vous voulez... Je ne peux pas lire dans la pensée, vous savez. Enfin, si je peux vous être de quelque...

Wimpler raccrocha.

Il était fauché.

Ruiné.

Et il avait faim.

Mais il n'y avait rien à manger dans la maison. Rien que des céréales et du lait en poudre et rien que d'y penser, il avait la nausée.

Il tomba dans un fauteuil, la tête dans les mains. Que faire, à présent ? Il n'avait pas de famille, pas d'amis pour l'aider. Il pouvait crever de faim, mourir, personne n'en saurait rien. Il avait cette grande invention, qui valait des millions de dollars. Quand on pensait à tout ce qu'on pouvait rendre invisible ! Des chars d'assaut. Des avions. Une armée. Des flics. Des cambrioleurs.

Attends, attends, attends !

Il se redressa dans son fauteuil et fit repasser dans sa tête tout ce qu'il venait de se dire jusqu'à ce qu'il trouve le mot qu'il cherchait.

Cambrioleurs.

Serait-il capable ? Aurait-il le cran ?

Y avait-il quelque chose de pire que de crever de faim ?

Il se leva et alla dans sa chambre, d'abord lentement puis avec plus de résolution. Il buta sur le chat. Le chat cracha. Elmo Wimpler lui fit des excuses.

Dans sa penderie, il prit une vieille chemise et un vieux pantalon et son autre paire de souliers. Il accrocha les vêtements contre la porte et vaporisa sa peinture dessus. Il peignit aussi les souliers et les remit dans la penderie obscure. Quand la peinture sécha, les chaussures disparurent.

Son projet d'homme invisible commençait à l'exciter. Il courut à la cuisine, en butant encore sur le chat, mais cette fois il ne s'excusa pas. Avec un sac en plastique et une vieille casquette de base-ball, il façonna une cagoule avec une mince fente pour les yeux. Il rapporta l'appareil dans sa chambre et le vaporisa de noir.

Quand tout fut sec, il revêtit le costume, ferma ses volets et ses rideaux. Dans la chambre obscure il se plaça devant la grande glace, derrière la porte de sa chambre et se regarda.

Ou plutôt ne se regarda pas.

Il était invisible.

Son cœur battait comme jamais, pas même comme lorsqu'il regardait les fesses de Phyllis qui jardinait. Il exultait.

Et tremblait de peur.

CHAPITRE II

Il s'appelait Remo et il n'avait peur de rien.

Toutes les peurs de l'homme sont fondées sur une seule chose, la peur de mourir. C'était ce qui terrifiait le comptable indélicat : la peur d'être découvert et de devoir mettre fin à ses jours. Cela expliquait la terreur d'un enfant dans le noir ou celle d'une grande personne entendant des rats dans un mur. Toutes les peurs se résument à la peur de mourir.

Et Remo n'avait plus cette peur. Il ne s'inquiétait plus d'être tué, mais seulement de qui il tuerait et quand.

Il était un assassin à gages et de savoir qu'il détenait le pouvoir de vie et de mort sur d'autres gens lui apportait une espèce de paix qu'il n'avait jamais connue auparavant.

Il sentait cette paix en lui, alors qu'il se glissait dans l'hôpital, passait en agitant négligemment la main devant le bureau d'un garde et saluait de la tête une infirmière d'un certain âge qui jeta un coup d'œil à ce jeune homme mince aux poignets épais et aux yeux noirs et rêva qu'il lui appartenait.

Remo sifflota paisiblement en prenant l'ascenseur pour monter à l'étage des soins intensifs, le troisième, et là il trouva une lingerie. A l'intérieur, un changement rapide fit de lui un infirmier.

Il se chargea d'une pile de serviettes, entra dans le service des soins intensifs et dit à la jeune personne amidonnée :

— Comment ça se passe, ce soir ?

La jeune personne regarda ses yeux noirs pénétrants et ressentit le même petit frisson que l'infirmière du rez-de-chaussée.

— Le calme plat. Vous êtes nouveau, n'est-ce pas ?

— Ouaip.

Il se pencha sur son bureau et, tout en parcourant la liste des malades hospitalisés dans le service, il lui souffla à l'oreille :

— Vous me ferez faire le tour plus tard ?

Il lui effleura le dos et lui fit quelque chose qui provoqua un ronronnement de plaisir involontaire.

— Bien sûr, dit-elle et, au cas où il aurait mal compris la réponse ou son intensité, elle répéta. Bien sûr. Bien sûr.

— Epatant, dit Remo en se redressant. On se retrouve ici tout à l'heure.

Portant toujours ses serviettes, il trouva le

salon de repos des infirmiers. A l'intérieur, un grand type brun buvait du café en examinant une feuille dactylographiée. Quand Remo entra, il la rangea précipitamment, mais Remo l'avait reconnue : c'était la liste des patients du service.

Celui-là, c'était le numéro un.

Remo se versa un café dont il ne voulait pas. Son nez se révolta à l'odeur et son cerveau à la pensée de boire une décoction immonde faite avec des graines brûlées. Puis il alla s'asseoir en face de l'autre infirmier.

— C'est vous l'homme ? demanda-t-il.

— Hein ? fit le grand brun, les yeux presque larmoyants derrière ses lunettes à monture de fer.

— Vous savez ce que je veux dire. C'est vous qui tenez la cagnotte ?

— Quelle cagnotte ?

— Allez, mon vieux ! Faut que je retourne au boulot. Qui y a sur la liste ? Mrs Grayson ? Quels jours il vous reste ?

L'homme cligna des yeux plusieurs fois derrière ses lunettes puis il répondit en hésitant :

— Le vingt et un et le vingt-cinq.

— Merde, elle aura cassé sa pipe avant mais donnez-moi le vingt et un.

— Ça fera cinquante dollars.

— Je les ai là.

Remo plongea la main dans sa poche. Mais, naturellement, son argent était dans celle de son jean noir, sous la blouse blanche. Aucune importance. Il enfonça le bout de ses doigts dans le fond de la poche vide, déchira la toile et plongea par le trou dans celle du jean pour en retirer une liasse de billets.

En feignant de compter cinquante dollars, il observa distraitement :

— J'ai entendu dire qu'il vous arrive de débrancher ces malades, des fois. Ça ne me paraît pas de jeu.

L'infirmier sourit largement.

— Tout le monde a la même chance. Si Mrs Grayson tient le coup jusqu'à votre jour, et si vous la débranchez et si personne ne s'en aperçoit, et si elle crève, alors vous êtes le gagnant. C'est simple. Tout le monde a une chance égale de rafler la cagnotte.

Remo présenta cinquante dollars et l'homme tendit la main.

— Vous ne vous êtes jamais posé la question ? demanda Remo.

— Quelle question ?

— Quel effet ça fait d'être débranché vous-même ?

L'homme leva les yeux et croisa ceux de Remo. Remo sourit aimablement, avança la main et débrancha le larynx de l'infirmier.

Il jeta le cadavre dans un placard, prit dans la poche la feuille dactylographiée et retourna s'asseoir, en la posant devant lui.

Un autre infirmier arriva. C'était un blond trapu avec des cheveux en brosse.

— Où est Arnie ? demanda-t-il.

— Parti, répondit Remo en levant les yeux de la liste. Quel jour vous avez ?

— Le dix-neuf. Combien est-ce qu'on a récolté, jusqu'à présent ?

— Voyez vous-même, dit Remo en poussant la feuille sur la table et, quand l'homme voulut la prendre, il ajouta : Arnie est mort.

— Mort ? Comment...

— Je l'ai débranché. Comme ça.

Le blond trapu vit la main de Remo commencer à bouger mais il ne la vit pas arriver jusqu'à lui, il ne vit pas les doigts se déplier du poing, il ne les sentit pas sur sa gorge, qui extirpaient adroitement sa pomme d'Adam et son larynx, sans plus d'effort que si Remo avait chassé une mouche d'un petit revers de main.

Il alla déposer le blond dans le même placard qu'Arnie et attendit le troisième infirmier. Ces trois-là étaient les organisateurs ; les autres parieurs ne se payaient qu'un petit amusement macabre. Ils ne protestaient pas si les patients vivaient et s'ils perdaient. Autant que l'on sache, En-Haut, aucun ne s'était rendu coupable de tuer des patients.

Arnie était donc le numéro un. Le deuxième était Billy, à en croire son badge. Restait donc

Jackie. La porte s'ouvrit et la personne qui entra portait un badge au nom de Jackie.

C'était une femme.

Remo ne s'en était pas douté. Mais « Jackie » pouvait aussi bien désigner un homme qu'une femme. Il aurait bien dû penser qu'En-Haut oublierait de lui parler d'un petit détail comme ça.

Ça ne le gênait pas. Il avait déjà tué des femmes.

— Où sont Arnie et Billy ? demanda-t-elle.

— Morts.

Elle était bien trop occupée à regarder Remo au fond des yeux et à lui sourire pour entendre ce qu'il disait. Elle prit une chaise en face de lui.

— Quand est-ce qu'ils reviendront ?

Elle était jolie. Des yeux verts, des cheveux auburn, une poitrine séduisante, un parfum de propreté.

— Qu'est-ce que vous faites avec cette feuille ? demanda-t-elle.

— Arnie me l'a donnée. Quel jour avez-vous ?

— Le dix-huit. Demain. Probable qu'il faudra que je débranche quelqu'un, dit-elle en souriant. Où est-ce que vous avez dit qu'ils étaient, Arnie et Billy ?

— Demandez-le-leur vous-même, répondit Remo.

Elle ouvrit de grands yeux quand il débrancha

son larynx. Ses yeux étaient vraiment d'un joli vert.

Il la jeta dans le placard à manteaux avec les deux hommes et prit un peu de recul pour admirer son œuvre.

— C'est ça le loto, mes cocos, dit-il avant de claquer la porte.

Il agita la main à la jeune personne amidonnée, en sortant, alla jeter sa blouse blanche dans une corbeille de linge sale, salua de la tête l'infirmière âgée du rez-de-chaussée et sortit de l'hôpital.

Les incurables pourraient maintenant mourir tranquilles. Remo en eut chaud au cœur.

Mais pas pour longtemps.

Il avait d'autres missions, ce soir.

CHAPITRE III

Elmo Wimpler avait été effrayé à l'idée de devenir cambrioleur, mais il avait encore plus peur de mourir de faim, sans un rond, sans amis et inconnu.

Il avait attendu la pleine nuit et puis il avait enfilé son costume noir. Il éteignit la lumière au-dessus de sa porte, sortit dans le jardin et s'examina. Il voyait à peine le contour de ses pieds et de ses jambes. Il se savait légèrement visible, en silhouette, à cause des reflets des lampadaires de la rue, et se promit de ne pas oublier qu'il était plus efficace dans l'obscurité totale.

Prenant un raccourci derrière les maisons, par les jardins, il passa à un moment donné à quelques centimètres d'un berger allemand endormi qui ne broncha pas à son passage. A chaque pas, Elmo sentait s'affirmer sa puissance.

Il savait à quelle maison il s'attaquerait.

C'était dans l'élégant quartier de Park Slope, tout près de chez lui, une grande bâtisse de style Tudor, avec une longue Cadillac noire garée devant.

Elmo en fit le tour et attendit sur le perron obscur, en essayant de calmer ses nerfs et de faire taire les battements de son cœur. Il était peut-être invisible mais son cœur faisait tant de bruit qu'on devait l'entendre à cent mètres.

Finalement, il appuya légèrement sur le bouton de sonnette et se glissa vivement de côté. Quelques instants plus tard, une jeune Noire en uniforme de femme de chambre vint ouvrir et regarda dehors.

— Qui est là ?

Elmo retint sa respiration. Elle s'avança un peu sur le perron, en tenant la porte ouverte derrière elle. Il se coula à l'intérieur tandis qu'elle marmonnait :

— Foutus sales gosses.

A l'intérieur, il se planqua rapidement dans un coin sombre et attendit que la bonne rentre. Son cœur battait à toute allure. Soudain, il était pris de panique.

Et s'il était pris ?

Si la bonne allumait, il serait aussi visible que s'il était déguisé en néon.

Il se promit de mieux préparer son travail, à l'avenir.

Mais la bonne passa devant lui sans allumer et sans rien remarquer. Elle entra dans le salon.

— Qui était-ce, Flo ? demanda un homme.

Sans bruit, Wimpler avança dans le couloir et il entendit la bonne répondre :

— Rien que des gamins, Mr Mason.

— J'espère qu'ils n'ont pas réveillé Madame.

A la porte, Elmo jeta un coup d'œil. L'homme se levait du canapé. Il avait l'air prospère, la quarantaine bien nourrie.

— Il faut que je sorte, Flora. Ne réveillez pas Madame.

— Vous rentrerez bientôt, Monsieur ?

Mr Mason enlaça la bonne, en lui posant les mains sur les fesses, et l'attira vers lui. Il l'embrassa sur la bouche.

— Bientôt, Flo, bientôt.

Flora pouffa et Mason s'apprêta à sortir. Elmo monta rapidement au premier. S'il y avait des bijoux, ils devaient être dans la chambre de maître.

Une seule des portes du premier était fermée. En écoutant, il entendit une respiration régulière. Il ouvrit, entra sans bruit et aperçut quelqu'un sur le lit. Il retint sa respiration.

Mrs Mason dormait sur les couvertures, toute nue. Elle n'était pas aussi dodue que Phyllis, la voisine mal embouchée, mais elle ferait l'affaire. La trentaine très bien conservée, avec de gros seins et de longues jambes fines.

Elmo commençait à s'exciter, en imaginant tout ce qu'il pourrait lui faire pendant qu'elle dormait. Et si elle se réveillait, elle croirait avoir rêvé.

Un sacré rêve !

Elmo faillit rire.

Mais d'abord, le principal. Avec un effort, il se détourna de la dame et commença à fouiller la pièce. Il trouva ce qu'il cherchait dans le tiroir du haut de la commode. Un coffret à bijoux plein de colliers, de bagues et de bracelets. Il rafla le tout et le mit dans un petit sac de toile qu'il avait apporté et qu'il dissimula sous ses vêtements invisibles.

Il se retourna vers le nu endormi.

Mais la peur eut raison de la lubricité. Il était temps de partir. Tendant la main, il caressa plaisamment un des seins de Mrs Mason. Elle sourit en dormant. Puis il lui chuchota à l'oreille :

— Ton mari se tape la bonne, ma jolie.

Le sourire disparut. Wimpler sortit et descendit rapidement.

Quand il arriva enfin chez lui, il poussa un soupir de soulagement. Il ôta sa tenue de nuit noire et vida son butin sur le lit.

Les diamants étincelaient et il les fit couler entre ses doigts, en jouant avec. Combien ? se demanda-t-il. Dix mille dollars ? Vingt ?

Il le saurait demain, quand il irait les vendre à la 47e Rue, à Manhattan.

Le lendemain, en sortant du métro au coin de la 47e Rue et de l'Avenue of the Americas, il fut surpris de s'apercevoir qu'il avait de nouveau le cœur battant à tout berzingue. Et si quelqu'un alertait la police ?

Il aspira profondément et entra chez le premier joaillier en gros qu'il trouva.

— Vous désirez ? demanda un vendeur.

Wimpler eut l'impression qu'il y avait un peu de soupçon dans les yeux de cet homme. Il faillit reculer et repartir, mais il s'éclaircit la gorge et bredouilla :

— Je voudrais... euh... j'aimerais vendre des bijoux. Les bijoux de ma mère... Elle est morte.

— Puis-je les voir ?

Wimpler vida le petit sac de toile sur le comptoir. Il sentait la sueur ruisseler sur ses flancs.

— Belles pièces, observa le vendeur.

— Mmmm-mmm, fit Elmo craignant d'en dire plus tant il avait la gorge sèche et peur de ne pas pouvoir parler.

Pendant d'interminables secondes, l'homme examina les bijoux un à un.

— Il faut que je fasse venir le directeur, annonça-t-il.

— Pourquoi ? Qu'est-ce que...

— Mais, pour l'expertise, répondit le vendeur avec un sourire soupçonneux.

En le regardant aller dans le fond du magasin, Elmo devina ce qui allait se passer. Le vendeur allait décrocher le téléphone dans l'arrière-boutique et alerter la police. Dans trente secondes, le magasin serait cerné.

Il tourna les talons et prit ses jambes à son cou, pour cavaler dans la 47e Rue vers la station de métro et dévaler l'escalier.

Il sortit du métro à la 42e Rue et s'aperçut qu'il avait laissé les bijoux sur le comptoir. Belle carrière de cambrioleur !

Il erra dans les rues. Il passa devant six vendeurs de hot dogs, huit pizzerias, deux MacDonald, un Burger King, plusieurs Chinois à emporter, des épiceries par dizaines, le tout remarqué et compté uniquement parce qu'il mourait de faim.

Il fouilla dans sa poche. Il avait cinquante *cents*. A New York, ça ne suffisait même pas pour un hot dog sur le trottoir. Et d'ailleurs, il voulait rentrer chez lui. Il descendit dans le métro et repartit vers Brooklyn ; il en sortit à Atlantic Avenue et marcha le long des docks.

Son père lui avait toujours dit qu'un homme devait savoir limiter ses pertes. C'était à cela que pensait Elmo. La vie avait été une perte pour lui, une perte totale, et maintenant il allait limiter ces pertes. Il contempla l'eau répugnante, en se demandant s'il aurait le courage de s'y jeter et d'abréger ses souffrances. Il se remit en marche, en essayant de s'armer de courage, et soudain il entendit des voix. Sans savoir pourquoi, il se cacha vivement derrière une pile de caisses et écouta.

— Faut qu'il soit refroidi, Jack, disait un homme. Y a pas à tortiller. Si Romeo témoigne, on est tous cuits.

— Ouais, c'est sûr, grommela l'autre. Mais va-t'en essayer de faire ça avec toute cette foutue putain de sécurité autour de lui !

— S'il témoigne...

— Répète pas, Tony, répète pas ! Merde ! J'ai proposé ce contrat à tout le monde. Personne n'en veut avec des pincettes ! Je crois qu'il va falloir recruter une brigade et monter là-haut descendre tout le monde.

— L'homme n'aimera pas ça, Jack. Trop de mauvaise presse. Un tas de sang, un tas de cadavres, un tas de reporters et un tas de fédés.

— Tu connais un autre moyen ?

Soudain, Elmo Wimpler comprit qu'il n'allait pas mettre fin à ses jours. Soudain, il savait que ses jours de minable étaient finis. Soudain, il se sentait puissant. Il détenait un pouvoir de vie et de mort.

Il aspira profondément et sortit de sa cachette pour apparaître aux deux hommes.

— Quoi ? Qu'est-ce...

— Qui vous êtes ?

— La réponse à vos problèmes, répondit Elmo avec assurance, avec une autorité qu'il n'avait jamais ressentie. Qui que vous vouliez refroidir, je peux le faire.

— Que..., fit Jack.

— Ouais ? dit Tony en ricanant.

Elmo savait ce qu'ils pensaient : un clown. On l'avait traité de tous ces noms : clown, nabot, minable, pitre. Mais il n'en était pas un. Plus maintenant. Maintenant, il était tout simplement le meilleur homme qu'on pouvait embaucher pour de l'argent.

— Ne vous laissez pas tromper par les apparences, dit-il. Je peux faire ce que vous voulez accomplir.

Les deux hommes se regardèrent. Tony haussa les épaules.

— Qu'est-ce qu'on a à perdre ? demanda-t-il enfin.

Jack soupira, hocha la tête et regarda Elmo.

— Combien ?

Elmo s'éclaircit la gorge. Il n'avait pas pensé à ça.

— Mille dollars, ce serait trop ? hasarda-t-il.

— Tu fais le boulot, t'en auras dix mille, lui dit Jack.

— Cette personne sera morte demain soir, affirma Elmo. Dites-moi qui il est et où il est.

Ils le lui dirent. C'était un important gangster,

en ce moment témoin fédéral, témoignant pour sauver sa peau. Il était caché dans un vaste domaine privé du canton de Westchester, entouré de flics, d'agents du FBI et Dieu sait quoi encore.

— Soyez ici demain. A deux heures du matin, leur dit Elmo. Et apportez l'argent.

— D'accord, dit Jack.

— J'ai besoin d'une avance.

— Combien ? demanda Jack en mettant la main à la poche.

Wimpler ne pouvait penser à rien qu'à un bon dîner, à un énorme pavé de rumsteck. Il décida de penser gros.

— Vingt dollars ! dit-il.

Jack feuilleta des tas de billets de cent dollars jusqu'à ce qu'il en trouve un de vingt, tout solitaire, et le tendit.

— Merci. Demain soir, deux heures du matin.

— Sûr, mon pote, dit Jack.

Elmo tourna les talons et s'en alla. Il s'arrêta à la première gargote à viande rouge qu'il trouva, commanda deux steaks garnis et les dévora tous les deux. Avec la monnaie, il prit un taxi pour rentrer chez lui.

Il courut à son garage. Il avait son premier contrat, mais comment le remplirait-il ? Avec quoi tuerait-il sa victime ?

Il fouilla dans son atelier, mit tout sens dessus

dessous, tourna et retourna des inventions inutiles jusqu'à ce qu'il trouve ce qu'il voulait.

Il avait imaginé un casse-noix révolutionnaire, mais ça ne s'était pas vendu. C'était un petit compresseur à main. Après l'avoir équipé d'un long bras à coulisse pour tenir quelque chose de plus gros qu'une noix, Elmo l'essaya sur une vieille boule de bowling, dans son garage. Les mâchoires du compresseur entourèrent la boule et, quand il pressa le bouton, les deux bras se refermèrent avec un léger sifflement. La boule de bowling se cassa en mille morceaux et tomba par terre.

Au poil. Il ne lui restait plus qu'à peindre le bidule et l'homme invisible aurait son arme invisible.

Cela fait, il alla se coucher et passa sa première bonne nuit depuis des mois.

Le lendemain matin, il nettoya la peinture noire, sur le pare-brise et les vitres de sa vieille voiture. Il recouvrit rapidement la peinture noire invisible avec une bombe d'émail bleu pâle, sans prendre les moindres précautions et en laissant la peinture dégouliner et former des paquets. Il se fichait de l'allure de la voiture, il voulait simplement qu'elle redevienne visible, qu'elle soit présentable pour rouler dans les rues.

Il se rendit ensuite à White Plains et passa devant le grand domaine où le témoin fédéral était bien gardé. Dans le soir tombant, il aperçut des gardes près de la porte de la maison et sur la pelouse.

Mais, pour de singulières raisons, il n'avait plus peur.

Il roula un moment au hasard et quand il fit tout à fait nuit, il revint se garer à huit cents mètres environ de la propriété. Dans la voiture, il enfila sa tenue invisible traitée avec ce qu'il ne craignait plus de baptiser PITRE, Peinture Invisible Triomphale d'Elmo.

La route était bordée d'arbres et il marcha dans leur ombre vers l'entrée du domaine.

Dans la nuit, il se glissa vers la maison. A un moment donné, il passa à cinquante centimètres d'un garde qui le regardait en face mais ne le voyait pas. Elmo fut tenté de s'amuser avec eux, de taper sur l'épaule de l'un, de chuchoter à l'oreille d'un autre mais il se dit que les affaires sont les affaires.

Et ce fut vraiment sérieux. Pas de panique, pas de peur. Rien que la froide certitude qu'il était sur terre pour faire cela. Tuer.

Il entra dans la maison par une porte-fenêtre. Deux hommes étaient assis dans la pièce, dans le noir, mais ils ne le virent pas.

— La fenêtre est grande ouverte, dit l'un.

— Ce doit être le vent, dit l'autre et il se leva pour aller la fermer.

Wimpler explora la maison, en se cachant

dans les recoins sombres, en écoutant les conversations. La police, semblait-il, n'aimait pas davantage le témoin fédéral que le gang. Tout le monde avait l'air de souhaiter que quelqu'un vienne se débarrasser de lui et épargner des tas de tracas à tout le monde.

Elmo Wimpler allait leur épargner énormément de tracas.

Il trouva sa victime dans une chambre du premier, assise dans un fauteuil et regardant la télévision dans la pièce obscure. Quelqu'un qui regardait des rediffusions de *Gilligan's Island*, pensa Elmo, méritait la mort.

Il avança sans bruit derrière l'homme, ouvrit les bras de son compresseur, les plaqua rapidement de chaque côté de la tête de sa victime et, avant qu'elle esquisse un geste, il pressa la détente.

Un léger sifflement aigu, un craquement d'os et un homme avait la tête en morceaux.

Wimpler sortit par une fenêtre et descendit avec précaution par un treillage, du côté obscur de la maison. Sans se retourner, il partit à travers champs, en passant près de divers gardes, pour aller retrouver sa voiture. Il devait se retenir de crier et de chanter triomphalement. Il l'avait fait ! Il l'avait fait !

Il n'ôta pas sa tenue PITRE invisible mais se contenta d'enlever la cagoule pour conduire aisément.

Elmo arriva de bonne heure aux docks, mais Tony et Jack aussi et, à l'écart dans l'ombre, il écouta leur conversation.

— Le mec a fait le coup, Tony. Il a fait le coup. J'ai entendu ça au poste.

— Dommage qu'on doive le refroidir. Il a du style.

— Je sais, mais si le patron savait qu'on a sous-traité le contrat avec un amateur... Laisse tomber, vieux.

Elmo les vit vérifier leurs armes et les rengainer, sous l'aisselle.

— Vous n'êtes pas très honnêtes, messieurs, dit-il.

Jack tourna vivement la tête. Il fouilla des yeux l'obscurité et ne vit rien.

— Qui a dit ça ? demanda Tony.

— C'est moi, répondit Elmo.

Alors que Tony levait une main vers son pistolet, il lui abattit sur la tête le compresseur invisible. Une seconde plus tard, Tony était mort.

Jack jeta un coup d'œil à ce qui restait de son copain et lui vomit dessus.

— Vous ne pouvez pas me voir, Jack, mais je vous vois, poursuivit l'homme invisible.

— Qu'est-ce que vous voulez ? chevrota Jack.

— Mon argent. Voilà ce que je veux.

— Dix sacs.

— Disons vingt, pour ma peine supplémentaire. Allez les chercher. Apportez-les ici. Et si vous cherchez à faire le malin, vous rejoindrez votre copain.

Pâle et tremblant, Jack hocha la tête et retourna à sa voiture en marmottant tout seul. Wimpler le suivit des yeux, sachant qu'il reviendrait.

Il revint en effet, en moins d'une demi-heure, avec une liasse de vingt mille dollars à la main. Il vit la liasse échapper à ses doigts, s'élever dans les airs, apparemment de son propre chef mais il n'eut guère le temps de s'émerveiller avant de rejoindre son ami Tony dans la mort.

En quittant les docks d'Atlantic Avenue, Elmo se dit que ce n'était pas seulement Tony et Jack qui étaient morts. Il y avait un autre cadavre, là-bas sur ce quai.

Le minable était mort.

CHAPITRE IV

En-Haut devenait de moins en moins raisonnable, pensait Remo en roulant vers White Plains.

Se débarrasser de trois infirmiers d'un coup, dans un hôpital, n'était pas une grosse affaire, mais à quoi ça rimait, je vous demande un peu, d'avoir à cavaler pour vérifier la sécurité autour d'un connard de témoin fédéral ? Ça ne pouvait pas attendre à demain ?

Remo trouva la propriété en question et engagea sa Ford de location dans la longue allée, en s'attendant à être intercepté par des gardes.

Il n'y en avait pas.

Il suivit l'allée jusqu'à la maison sans qu'on l'interpelle une seule fois. Plusieurs hommes tournaient vaguement devant le perron. Ils regardèrent simplement Remo quand il s'approcha d'eux.

— Quelqu'un veut voir mes papiers ? demanda-t-il.

— Pour quoi faire ? répliqua un des hommes, qui fumait une cigarette assis sur la plus haute marche.

— Par mesure de sécurité.

— Quelle sécurité ? Y a plus rien à mettre en sécurité, rien à garder, répliqua l'homme puis, soudain curieux, il demanda : Et d'abord, qui êtes-vous, mon vieux ?

— J'ai été envoyé pour vérifier votre système de sécurité. J'ai le regret de vous dire que, jusqu'à présent, vous méritez un double zéro pointé.

— Notre client s'en fichera, maintenant, répondit l'homme et les autres s'esclaffèrent.

Remo entra et suivit la direction du bruit jusqu'au premier étage, où il trouva une bande d'agents fédéraux et de la police locale tournant en rond dans la chambre de maître et alentour.

Par terre, il y avait des morceaux de la tête du témoin fédéral. Son corps était à près d'un mètre des débris.

— Vous ne seriez pas foutus de garder une voiture garée, bougonna Remo.

Il tourna les talons et redescendit. Il ne lui manquait plus que ça, écouter En-Haut râler pour le témoin mort.

Ça faisait dix ans, qu'il écoutait râler En-Haut. Depuis le jour où, jeune flic de Newark, Remo Williams avait été condamné pour un crime qu'il n'avait pas commis, envoyé à la chaise électrique, qui, ce jour-là, ne marchait pas et recruté par CURE, une agence secrète qui n'existait pas. CURE était destinée à lutter contre le crime sans être embarrassée par des restrictions constitutionnelles limitant sévèrement les méthodes injustes, et qui liaient les mains de tous les services de police du pays. Remo était l'arme qui faisait respecter la loi de CURE.

Son patron était le Dr Harold W. Smith, l'unique directeur que CURE avait jamais eu, un homme si rigide et froid que même maintenant, après dix ans, Remo ne savait toujours pas ce qui se passait dans sa tête.

Dix ans de dur travail, dix ans d'entraînement. L'entraînement sous la férule d'un Coréen de quatre-vingts ans, Chiun, le dernier Maître de la Maison de Sinanju, une lignée millénaire d'assassins à gages d'un petit village de Corée. Remo avait suivi l'entraînement et avait appris que ce n'était pas simplement de l'entraînement mais autre chose. Ça n'avait pas tellement changé ce qu'il pouvait faire que ce qu'il était. Et au cours de ce changement, ça lui avait permis d'être plus qu'un homme. Malgré tout, il y avait des moments où il aurait volontiers échangé tout ça pour une femme, des enfants, et un endroit où vivre qui ne soit pas une chambre d'hôtel.

Quand Remo entra dans la chambre, Chiun ne leva pas les yeux. Il avait les mains jointes à la hauteur de son front, se touchant du bout des doigts, et, assis par terre dans son élégant kimono doré, il avait l'air d'une jolie pile de linge sale.

— As-tu fait en sorte que les vieilles gens meurent en paix ? demanda-t-il.

— Oui. Il y avait une surprise.

— Laquelle ? murmura Chiun sans bouger.

— Le chef était une femme.

— Et elle était jeune et jolie.

— Oui.

— Et ça t'étonne ?

— Ma foi, j'avais imaginé un gros type avec une gueule de poivrot et une ardoise chez son book qu'il ne peut pas payer.

Chiun abaissa ses mains, secoua la tête et se tourna vers Remo.

— Tu n'apprendras jamais. Toutes les femmes sont des tueuses, et les jeunes et jolies sont les pires parce qu'elles s'imaginent que leur beauté est leur permis de tuer. Tu lui as appris à respecter ses aînés ?

— Je leur ai montré à tous ce que c'était d'être débranchés, dit Remo.

— Quelle ironie, dit Chiun, d'envoyer quelqu'un comme toi, le plus irrespectueux du monde, apprendre à d'autres le respect de leurs aînés.

— Je vous respecte, petit père. Sincèrement.

— Comme le mensonge fleurit aisément sur tes lèvres ! Comme la rosée apparaissant soudain sur le lis matinal.

— Bon, bon, d'accord, vous êtes en rogne. Qui vous y a mis ? Smitty a téléphoné, hein ?

— Oui. L'empereur a appelé. Il m'a eu l'air très fâché contre toi. Et à juste titre. Il est ton empereur, Remo, et pourtant tu ne fais rien de ce qu'il te dit.

— Ce soir, j'ai fait tout ce qu'il m'a dit !

— Oui ? Et à la plaine de White ?

— La plaine de White ? La plaine... Ah oui, White Plains. Il voulait que je vérifie la sécurité autour d'un témoin fédéral.

— Et alors ?

— Et alors il y avait un petit problème. Le témoin était mort quand je suis arrivé.

— L'empereur a l'air de penser que tu es devenu fou. Il m'a sermonné, pour que je te dise de comprendre tes instructions. Tu es sûr que tu n'as pas...

— Il était mort quand je suis arrivé, Chiun, insista Remo. Une belle sécurité ! Quelqu'un a commis une sacrée bavure !

— Quelqu'un de jeune, probablement, déclara Chiun.

Quand Remo et Chiun arrivèrent au sanatorium de Folcroft à Rye, dans l'Etat de New York, à un quart d'heure à peine de leur chambre d'hôtel, le Dr Harold W. Smith était debout dans son bureau, les mains dans le dos, regardant par sa grande baie sans tain l'obscurité du détroit de Long Island. Même de dos, sans voir sa figure, Remo voyait que le directeur de CURE était dans tous ses états.

— Qu'est-ce qui ne va pas, Smitty ? Quelqu'un à la cuisine a pris une part supplémentaire de fraises ?

Remo vit Smith serrer les poings. Il s'avança devant le bureau. Chiun s'assit à côté, sur une chaise. Smith se retourna enfin.

— Je n'arrive pas à vous croire, dit-il.

— Qu'est-ce que j'ai encore fait ? demanda Remo.

— Comment avez-vous pu être si... si...

— Idiot, proposa Chiun.

Smith secoua la tête.

— Si...

— Crétin, suggéra Chiun.

— Si négligent ! cracha Smith.

— J'aime mieux crétin, marmonna Chiun.

— Comment avez-vous pu confondre et saboter deux missions ? Je suppose que vous avez passé la nuit à garder quelques infirmiers homicides ?

Remo secoua la tête.

— Une explication ! reprit Smith. Est-ce trop demander ? Une explication qui tienne debout ? Deux importantes missions et vous les confondez ! s'exclama Smith en se laissant tomber dans son fauteuil. Nous avons perdu un très important témoin fédéral, parce que vous avez été incapable de vous rappeler vos instructions ! Pourquoi, au nom de tous les dieux, avez-vous tué Romeo ?

— Vous avez fini ? demanda Remo.

— Un peu de respect, reprocha Chiun. C'est ton empereur... Continuez, empereur.

— J'ai fini, dit Smith.

Chiun et lui regardèrent Remo.

— Je n'ai pas tué Romeo, dit-il.

— Non ? Alors qui ? Chiun ? demanda Smith.

— Pas moi, protesta Chiun. J'ai appris depuis longtemps que vous voulez simplement que je supprime ceux que vous voulez supprimer. Je n'essaie plus de deviner qui c'est. D'ailleurs, ça devait être salopé et vous savez qu'une exécution par un Maître de Sinanju est une œuvre d'art. Une œuvre de beauté. Une...

— Excusez-moi, petit père, intervint Remo, mais je ne crois pas que Smith vous soupçonne vraiment, alors je vous en prie, laissez-moi me défendre tout seul.

Chiun jeta un regard furieux à Remo, pour avoir été interrompu, mais ne dit rien.

— Pourquoi pensez-vous que c'était moi ? demanda Remo.

— Qui voulez-vous que ce soit ? Qui d'autre aurait pu pénétrer dans cette maison à l'insu de deux douzaines de gardes et d'assez de chiens de garde pour créer un élevage ? Qui d'autre aurait pu faire éclater en mille morceaux le crâne du témoin ? Des morceaux éparpillés dans toute la pièce !

— Ma foi, premièrement, ce n'est pas moi. Deuxièmement, ces gens de l'hôpital sont morts. Si on ne l'a pas encore signalé à la police, dites-leur d'aller voir dans le placard à côté du salon de repos des infirmiers, au troisième.

Smith parut réfléchir à cette déclaration. Il se redressa, décrocha son téléphone, dit quelques mots et raccrocha.

— On a trouvé les cadavres à l'hôpital, annonça-t-il.

— Alors je suis blanchi ?

Smith soupira.

— Si ce n'est pas vous, qui ? Qui d'autre possède ce genre de pouvoir ?

— Nous savons que ce n'était pas moi. C'est un commencement, dit Remo.

— Je ne t'ai jamais soupçonné un instant, murmura Chiun.

— J'apprécie votre confiance, petit père.

— La confiance et la foi viennent naturellement à un grand Maître de Sinanju.

Et la cupidité, pensa Remo en songeant à la cargaison d'or livrée par sous-marin au petit village de Sinanju, chaque année, en paiement de l'entraînement de Remo par Chiun. Mais il garda sa réflexion pour lui.

Il entendait des appareils bourdonner dans le bureau de Smith. Le directeur pressa un bouton et un terminal d'ordinateur s'éleva. L'écran s'alluma et la figure de Smith fut baignée d'une pâle lueur verte quand il lut l'information que lui transmettait l'ordinateur de CURE.

Il finit par soupirer, pressa un autre bouton et le terminal rentra dans le bureau.

— La police de Brooklyn a découvert les corps de deux hommes, sur un quai. Ils ont été tués de la même façon que le témoin, Romeo.

— Et maintenant ça fait trois.

— Et maintenant, cela fait de gros ennuis, dit Smith. Il y a une sorte de singulier pouvoir à l'œuvre, ici. Capable de se déplacer sans être vu. Capable d'écraser un crâne humain. Et nous devons absolument découvrir qui c'est.

— Les deux types de Brooklyn, demanda Remo. Quelqu'un qu'on connaît ? Il y a un indice ?

— Rien qu'un ivrogne sur le quai. Il dit qu'il dormait derrière des caisses et qu'il a jeté un coup d'œil en entendant des voix, il a vu deux hommes qui parlaient à un troisième qui n'était pas là. Et l'homme qu'il ne voyait pas leur parlait.

— Deux personnes, trois voix, marmonna Remo. Une d'elles devait être celle de l'éléphant rose du pochard.

— Alors il nous faut trouver cet éléphant rose, répliqua ironiquement Smith, parce qu'il a le moyen de faire éclater le crâne des gens.

— Qui étaient les victimes de Brooklyn ?

— Deux petits voyous, mais faisant partie de la famille de la Mafia qui avait lancé le contrat contre Romeo.

— Vous croyez qu'il y a un rapport ?

— Tout porte à le croire. Trois personnes au crâne éclaté comme des noix. Ce n'est pas une coïncidence !

— Bien, dit Remo. Laissons les mecs du gang se tuer entre eux, ça nous évite du travail.

— Nous ne pouvons pas être certains que c'est ce qui se passe.

— Bien sûr que non, dit subitement Chiun et il gronda Remo. Il faut être crétin pour le croire.

Il parut très satisfait d'avoir introduit le mot « crétin » dans la conversation. Smith hocha la tête.

— Compte tenu de notre situation actuelle — la situation de la nation — nous ne pouvons nous permettre d'être certains de quoi que ce soit.

— Quelle situation ? demanda Remo avec méfiance.

— La présence de l'ancien émir de Bislami.

— Ah, lui.

— Il est de très bonne famille, intervint Chiun. Bislami a toujours été un des pays favoris de notre maison. Est-ce que je t'ai raconté l'affaire, durant l'année du grand vent, quand...

Smith l'interrompit et eut droit à un regard noir pour sa peine.

— Les nouveaux dirigeants de Bislami ont mis sa tête à prix dix millions de dollars.

— Où est-il en ce moment ? demanda Remo.

— Dans une île au large du New Jersey, où il espère rester jusqu'à ce qu'il meure de mort naturelle. Entre nous, ses médecins disent que ça ne tardera pas. Mais ce n'est pas tout. Il y a des groupes d'extrême gauche, en Amérique, qui veulent le tuer. Les Russes veulent prouver au monde que les Etats-Unis sont incapables de protéger leurs amis. La mise à prix totale pourrait atteindre les vingt millions de dollars.

— Quel rapport avec notre casseur de têtes ? demanda Remo.

— Eh bien, supposez ceci. Supposez que l'homme qui a tué Romeo était un tueur sous contrat, embauché par ces deux gangsters de Brooklyn. Et supposez qu'il les a tués ensuite pour préserver son identité.

— Ouais ? Et alors ?

— Eh bien, s'il est un tueur sous contrat, combien de temps pensez-vous qu'il lui faudra pour accepter un contrat sur l'émir ?

— Je vois où vous voulez en venir...

— Je n'en doute pas.

— Nous devons garder l'émir en vie jusqu'à sa mort naturelle.

— Précisément, dit Smith.

— C'est clair comme de l'eau de roche, dit Remo, tout à fait écœuré. Vous savez... Vingt millions de dollars, il y a de quoi embaucher toute une équipe de kamikazes, qui se sacrifieraient pour atteindre l'émir. Une attaque pareille ne pourrait pas rater.

— Peut-être.

— Vous voulez que Chiun et moi le protégions ?

— Pas tout à fait. D'abord, je veux que vous alliez vérifier sa sécurité.

— J'espère qu'elle est meilleure que celle de Romeo ! Sinon votre émir doit être déjà mort.

Smith fit une grimace douloureuse.

— Ne plaisantez pas avec ça ! Le Président veut que l'émir de Bislami soit gardé en vie coûte que coûte.

— Jusqu'à sa mort.

— Exactement.

— Remo, dit Chiun, je ne comprends pas pourquoi tu as tant de mal à suivre même les choses toutes simples. L'empereur est parfaitement clair.

— Merci, Chiun, dit Smith et il se tourna de nouveau vers Remo. Allez vérifier la sécurité de l'émir. Voyez si vous y trouvez des défauts. Ensuite, je veux que vous trouviez ce casseur de crânes. Nous ne pouvons pas attendre qu'il vienne se faire la main sur l'émir. Trouvez-le d'abord.

— Ce sera fait comme vous le désirez, ô empereur, dit Chiun.

— Mais s'il est mort quand nous arrivons, ça ne sera pas de notre faute, bougonna Remo.

— Allez-y toujours, ordonna Smith avec une nouvelle grimace.

CHAPITRE V

Ils étaient assis dans le cockpit d'une vedette des gardes-côtes, qui les emmenait de Sandy Hook à l'île-refuge secrète de l'émir.

— Vous êtes bien silencieux, Chiun, dit Remo.

— Je vois. Quand je parle, tu m'interromps. Et puis quand je ne dis rien, tu veux que je parle. Pour pouvoir m'interrompre encore ?

— Ne râlez pas. Quelque chose vous trouble. Qu'est-ce que c'est ?

— Tu as raison. Quelque chose me trouble. C'est une dette impayée, que doivent à mon village les ancêtres de cet émir de Bislami. Ses ancêtres étaient les plus frugaux...

— Ils étaient radins ? Avec toute leur fortune ?

— Tu vois ! M'interrompre devient une habitude ! protesta Chiun.

— Excusez-moi, petit père. Continuez, je vous en prie.

— Merci. C'est une histoire toute simple. Que j'ai essayé de raconter dans le bureau de l'empereur Smith. Mais personne n'a voulu m'écouter.

— Je vous écoute de toutes mes oreilles.

— Cela s'est passé il y a bien des années, selon votre calcul du temps, quand le petit Grec régnait sur une grande partie de l'Orient.

— Le petit Grec ?

— Oui. Alexandre, je crois qu'il s'appelait. Bref, le Maître de Sinanju d'alors, Ding, a été chargé par le trône de Bislami de supprimer le plus dangereux de ses ennemis. Le Maître Ding l'a fait, mais quand il est retourné pour se faire payer, il a appris que l'émir qui l'avait embauché était mort paisiblement, dans son sommeil. Son fils, le nouvel émir, a refusé de payer en disant que la dette était morte avec son père. Elle reste due depuis. Pourquoi as-tu l'air si surpris ?

— C'est vraiment une histoire toute simple.

— Je te l'ai dit.

— Oui, mais vous dites toujours ça et puis vous parlez pendant des heures et vous terminez par un proverbe qui embrouille tout, dit Remo.

— Je n'embrouille jamais. C'est toi qui est toujours embrouillé.

— Quoi ?

— Précisément, déclara Chiun. Une admirable confirmation de mon propos.

— Chiun, allez-vous tenir l'émir pour responsable de la dette de son ancêtre ?

— Je ne sais pas. Il n'est pas le monarque actuel de son pays. D'un autre côté, s'il veut retourner sur son trône, ça ne ferait pas bon effet s'il refusait de payer les dettes de son empire. Il faudra que je décide.

— Faites-moi connaître votre décision.

Chiun acquiesça puis il regarda sur l'avant la côte de la petite île vers laquelle filait la vedette.

Chiun et Remo débarquèrent du côté inhabité. La maison principale était construite face au continent et Remo jugeait que le meilleur moyen de mettre la sécurité à l'épreuve serait d'essayer d'atteindre l'émir sans se faire remarquer et sans avertir de leur présence.

Ils remontèrent la dune de sable et passèrent sans bruit par les hautes herbes dures.

Chiun posa une main sur l'épaule de Remo et, quand Remo se retourna, il lui montra un détecteur de son dissimulé dans un buisson. Remo hocha la tête. C'était un dispositif rudimentaire mais probablement efficace, en général. Naturellement, ça ne le serait pas contre des adeptes de Sinanju car la première chose qu'ils apprenaient, une des leçons les plus importantes serinées à Remo par Chiun, était de savoir se déplacer sans bruit.

« Quand on est silencieux, avait-il dit, on a le temps de réparer ses fautes. Et comme je t'ai vu à l'entraînement, tu aurais besoin de tout le temps possible. » Sur ce, il avait préparé une piste de coques de cacahuètes, de papier froissé et de billes de verre et avait forcé Remo à courir là-dessus sans faire le moindre bruit. Et quand Remo s'était plaint au bout de semaines, de mois de cet entraînement, Chiun avait simplement répliqué : « Personne ne fouette le chien silencieux. Cours. »

Quand ils arrivèrent au sommet de la dune et virent la maison, ils avaient couru à travers des clôtures électrifiées, des champs de mines, des systèmes d'alarme électroniques et des rouleaux de barbelés. Remo était impressionné. Ça n'avait pas arrêté Chiun et lui mais rien ne pouvait les arrêter. Fondamentalement, la sécurité n'était pas mauvaise. Si le personnel avait subi un entraînement quelconque, il était même prêt à la déclarer bonne.

Enfin, Chiun et lui traversèrent tranquillement les cent mètres de terrain découvert, derrière la maison.

Un garde, à la porte, les aperçut et ils l'entendirent crier quelque chose à l'intérieur. Huit soldats de la garde personnelle de l'émir sortirent et coururent vers Chiun et Remo, fusil-mitrailleur à la hanche et pistolet au poing.

— Halte ! ordonna l'un d'eux.

— Pourquoi est-ce que tout le monde dit

« Halte ? » demanda Remo à Chiun. Pourquoi pas simplement « Arrêtez ? »

— Moi, j'aime surtout ce qu'ils disent dans les films policiers, « Les bras en l'air, partenaire ».

— Vous les confondez encore, dit Remo et il allait donner des explications quand le canon d'un fusil s'enfonça dans ses côtes.

Il se retourna et s'adressa à l'homme qui avait le plus de soutaches dorées sur son uniforme d'opérette.

— Nous sommes des agents du gouvernement des Etats-Unis, envoyés pour apporter notre assistance dans le dispositif de sécurité de l'émir.

— Nous n'avons pas été informés que votre gouvernement envoyait quelqu'un, dit le soutaché.

Il était coiffé d'une casquette plate genre officier de marine et des mèches de cheveux gras dépassaient sur son cou.

— Nous avons demandé que vous ne soyez pas prévenus. Nous voulions mettre nous-mêmes vos défenses à l'épreuve. Comme vous le voyez, nous sommes ici.

Lentement, imperceptiblement, les huit gardes avaient entouré Remo et Chiun.

— Où y a-t-il un représentant des Etats-Unis ? demanda Remo. Il pourra vérifier notre identité.

— Nous sommes parfaitement capables de

faire ça nous-mêmes, répliqua le chef de la bande. Cette intrusion ne nous plaît pas.

Remo leva une main pour indiquer qu'il voulait parlementer avec le porte-parole.

— Ecoutez, commença-t-il.

Mais un des gardes se méprit, crut à un geste de menace et balança violemment la crosse de son fusil contre la tête de Remo. Personne d'autre que Chiun ne vit Remo bouger mais soudain l'homme effectuait un gracieux vol plané par-dessus les têtes de ses camarades et atterrissait, le souffle coupé mais indemne, dans un gros buisson.

— Je ne veux faire de mal à personne, déclara Remo.

— Vous ne nous ferez pas de mal, affirma le chef avec une belle assurance qu'il n'éprouvait pas tellement.

Il regarda son soldat, derrière lui, un soldat bien entraîné, trié sur le volet, qui se relevait péniblement des ronces. Il n'avait pas vu cet intrus toucher le soldat. Pourtant, il avait dû faire un mouvement. Quand même, comment avait-il fait pour lancer l'homme aussi loin ?

Pendant une fraction de seconde, ce fut l'impasse et puis une femme apparut sur le perron de derrière de la demeure.

Elle avait de longs cheveux roux flamboyant et des lèvres aussi rouges. Elle avait un corps épanoui mais jeune, bien révélé par une blouse paysanne et un jean de styliste qui ne différait des bons vieux jeans de tout le monde que par l'étiquette cousue au-dessus de la poche arrière droite. Remo entendit quelqu'un chuchoter :

— La princesse Sarra.

La jeune sœur de l'émir.

Une princesse en jean, pensa Remo. Il trouva ça comique. L'émir avait été renversé par un tas d'étudiants contestataires et sloganitruants, dont beaucoup de filles admises pour la première fois dans les universités grâce au modernisme de l'émir. Elles aussi étaient habillées à la mode occidentale et écoutaient du rock'n'roll. Et tout ça avait manifesté pour renverser l'émir, dont ils déclaraient le régime « oppresseur ». Ils avaient fini par y arriver. L'émir avait quitté son pays et sa place avait été prise par une bande de fanatiques religieux qui n'eurent rien de plus pressé que d'interdire aux femmes de porter la mode occidentale. Elles n'eurent plus le droit, non plus, d'aller à l'université. Quand celles qui avaient défilé pour protester contre l' « oppression » de l'émir essayèrent de manifester contre ces nouveautés, elles furent sauvagement battues et violées dans les rues.

Quand la princesse Sarra s'approcha, Remo vit que ce n'était pas une enfant mais une femme mûre, d'au moins quarante ans. Mais elle se tenait très droite, elle avait un port de reine et une démarche fière et il ressentit une petite émotion dont il ne sut pas tout d'abord si c'était du respect ou de la lubricité.

Elle le regarda dans les yeux et retint son regard. Un demi-sourire se forma sur ses lèvres. Remo hocha la tête. Plus de doute. C'était de la lubricité.

— Ecartez-vous, dit-elle au chef du peloton.

— Mais, Altesse...

— Rentrez. Allez chercher l'agent américain responsable. Allez, tout de suite, imbécile, avant que ces deux hommes détruisent la célèbre Garde Royale de mon frère.

L'homme s'inclina et recula.

— Votre nom ? demanda la princesse à Remo.

— Remo.

— Seule une famille royale n'a qu'un nom. Remo comment ?

— Remo Schwartzenegger. Et voici Chiun. Un nom seulement.

— Votre compagnon ?

Remo secoua la tête.

— Beaucoup plus, dit-il simplement mais, du coin de l'œil, il vit que la réponse plaisait à Chiun.

— Vous prétendez être des représentants de votre gouvernement ?

— Nous le sommes.

— Nous verrons, dit la princesse Sarra.

De nouveau, ils se regardèrent dans les yeux

et Remo sentit des portes s'ouvrir en lui, des portes qu'il croyait définitivement verrouillées. La princesse Sarra avait des yeux verts, une taille incroyablement fine. Remo avait envie de regarder ses seins, mais il sentait vaguement que ce serait insultant. Il regarda quand même et la princesse sourit.

Le chef des gardes reparut avec un homme à l'air harassé, en costume de tweed et large cravate de rayonne. Il était petit, gras et paraissait cinquante ans.

— Qu'est-ce que c'est, qu'est-ce qu'il y a ? demanda-t-il en s'approchant du groupe.

La princesse Sarra le dévisagea avec une nette désapprobation quand il s'arrêta près d'elle.

— Qu'est-ce qui se passe ? demanda-t-il.

Remo prit la carte d'identité que Smith lui avait fournie à cet effet et la montra. L'homme l'examina avec attention, la tourna et la retourna. La carte portait les noms de Remo Schwartzenegger et Chiun.

— Eh bien ? demanda la princesse.

— Ça me paraît en ordre, avoua l'homme.

— Ça vous paraît ? Vous ne savez pas ?

— Eh bien, je... Ça m'a l'air OK. Je ne...

— Nous allons conduire ces hommes à l'intérieur pendant que vous vérifiez auprès de votre gouvernement, déclara-t-elle et elle s'adressa à Chiun. Voulez-vous entrer ?

— Merci, murmura-t-il. Je suis vieux et fragile et mon peuple est bien misérable à cause de dettes impayées que...

— Ne commencez pas, Chiun, souffla Remo. Nous serons enchantés d'entrer, dit-il à la princesse.

De nouveau, le demi-sourire se forma sur les lèvres charnues. Elle tourna les talons et se dirigea vers la maison. Remo regarda ses fesses onduler, tout en la suivant. Elle était grande, avec ses bottes à talons hauts, presque aussi grande que lui.

Ça ne le gênait pas. Il aimait les grandes femmes.

Les petites aussi.

L'agent américain essaya de rester à côté d'elle mais le dédain de la princesse, pour lui et sa compagnie, étaient évidents. Une fois à l'intérieur, elle conduisit Remo et Chiun dans un salon, pendant que l'agent allait vérifier ce qu'ils racontaient.

— Vous ne pouvez pas entrer, déclara-t-elle à la Garde Royale qui commençait à se bousculer pour entrer dans le salon.

Les soldats hésitèrent. Leur chef prit la parole.

— Mais...

— Dehors ! ordonna la princesse sur un ton sans réplique et, docilement, les hommes ressortirent. Asseyez-vous, dit-elle à Remo à Chiun, sur un ton qui était une invitation bien que les mots soient un commandement.

Remo prit un coussin sur le grand canapé et le posa par terre pour Chiun. Pendant que Chiun s'y installait, les jambes croisées, Remo s'assit sur le canapé. Il sentait peser sur lui les yeux de Chiun alors qu'il regardait la princesse Sarra et savait qu'il serait bon pour un nouveau sermon, le N° 912 du catalogue de Chiun, « Comment les femmes privent un Maître de Sinanju du pouvoir de fonctionner avec une quelconque logique et raison. » A qui Remo renvoyait généralement la Riposte N° 2 de l'Elève : « Qu'est-ce que ça fout ? »

— Vous êtes ici pour aider mon frère ? demanda Sarra.

— Nous sommes ce que nous avons dit, répondit Remo. Nous sommes venus pour examiner le dispositif de sécurité de cette île et nous assurer que votre frère est bien protégé.

— Manifestement, la sécurité a de graves défauts, puisque vous êtes là.

— Pas nécessairement.

— Ou alors, vous êtes deux hommes tout à fait extraordinaires. L'êtes-vous, Remo Schwartzenegger ?

Chiun répondit pour lui :

— Il ne l'est pas. Je le suis. A vrai dire, il est plutôt ordinaire, lui.

Un autre homme arriva. Il était grand et avait

des cheveux d'un noir de jais, à part un peu de gris aux tempes. Ses yeux étincelaient et sa bouche avait l'air d'une mince fente découpée dans du papier. Sa peau était blanche comme du lait. Il avait une petite barbe.

— Excusez-moi, Altesse, murmura-t-il.

— Ah, Pakir, entrez donc.

Elle prit l'homme par la main et l'amena au centre de la pièce.

— Nous ne savons pas encore, Pakir, si ces messieurs sont nos invités ou nos prisonniers. Bien que je doute un peu que vous puissiez les garder prisonniers, si nous le voulions.

— Il paraît. Heureusement, nous n'aurons pas à le faire. Nous nous sommes renseignés à Washington et leur autorisation de venir ici émane directement de la Maison-Blanche.

— Eh bien alors, dit-elle, et le demi-sourire qui frémissait sur ses lèvres depuis un quart d'heure s'épanouit pour Remo, dans ce cas, permettez-moi de présenter nos invités. Messieurs, voici le... comment dit-on ?... Le bras droit de mon frère, Perce Pakir.

— Remo Schwartzenegger, dit Remo et il indiqua son compagnon silencieux. Et Chiun.

— Un Chinois ?

— Coréen, rectifia précipitamment Remo, assez vite pour sauver la vie de Pakir. Je vous en prie, ne commettez pas de nouveau cette funeste erreur. Il est très susceptible.

— Pardonnez-moi mon effronterie, dit le bras droit en s'inclinant devant Chiun, qui remercia de la tête à contrecœur. Il est apparent que votre présence signifie que nos mesures de sécurité, et celles de votre pays, sont plutôt poreuses.

— Justement, nous en parlions, dit Sarra.

— Je dois vous avouer que je n'aime guère votre façon de traiter mes hommes, lui dit Pakir.

— Tout d'abord, intervint froidement la princesse, la Garde Royale est faite d'hommes de mon frère, pas des vôtres. Ensuite, je parle à qui je veux, comme je le veux. Si vous avez des critiques, faites-les à mon frère, plus tard. Je ne veux pas me quereller avec vous devant nos invités.

— A vos ordres, Altesse, répondit poliment Pakir et il se tourna vers Remo. L'émir aimerait vous voir tous les deux.

Remo et Chiun se levèrent.

— Je vous rejoindrai quand je me serai changée, leur dit Sarra. Mon frère n'aime pas tellement cette mode occidentale pour les femmes. Moi, au contraire, je la trouve très confortable.

En souriant, elle passa ses mains sur ses cuisses.

— A tout à l'heure, Altesse, dit Remo.

Elle rejeta ses cheveux derrière son épaule et lui sourit de toutes ses dents.

— Oui, tout à l'heure.

Remo et Pakir l'observèrent quand elle sortit du salon. Chiun observa Remo observant, et secoua tristement la tête. Remo lui sourit et fit un petit geste navré. L'expression de Chiun demeura immuable mais il se leva lentement et suivit Remo et Pakir.

CHAPITRE VI

Même malade, même assis dans son lit et soutenu par des oreillers, l'émir était royal. Il irradiait la noblesse. Remo le remarqua dès son entrée dans la chambre.

Chiun, jusque-là, était le seul homme à qui il avait reconnu cette qualité.

— Votre Altesse, dit Pakir, voici Remo Schwartzenegger, du gouvernement des Etats-Unis.

Encore une fois, cet homme feignait d'ignorer Chiun.

— Votre Altesse, dit Remo, voici Chiun. Il est mon compagnon et beaucoup plus encore.

— Oui, dit l'émir. Je le vois. Merci, Pakir. Tu peux aller.

— Monseigneur, j'aimerais faire observer...

L'homme émacié agita une main osseuse et faible vers son aide de camp.

— Je suis sûr, Perce, que je ne risquerai

absolument rien avec ces deux messieurs. Laisse-nous, je te prie.

— A vos ordres. Je ne serai pas loin, si vous avez besoin de moi.

Chiun regardait fixement l'homme couché et Remo espéra qu'il n'allait pas décider de réclamer au monarque détrôné la dette de l'ancêtre.

— S'il vous plaît, dit l'émir, rapprochez-vous, tous les deux. Ma voix porte moins loin qu'autrefois.

Remo et Chiun s'avancèrent, de chaque côté du lit. Chiun regardait toujours fixement l'émir qui ne semblait pas remarquer cet examen attentif.

— Cela m'inquiète que vous ayez pu si facilement percer nos défenses.

L'émir avait des cheveux gris et il était incroyablement maigre. La peau se relâchait sur son visage, comme un ballon à moitié dégonflé. Remo voyait qu'il était très grand et qu'il avait dû être imposant, mais maintenant il ne lui restait plus que la peau et les os.

— Il ne faut pas que ça trouble Votre Altesse, dit Remo. Personne d'autre que nous n'aurait pu franchir aussi facilement ce cordon de sécurité. Avec quelques petites suggestions de notre part, votre défense devrait être assez solide pour vous protéger de tout, à part peut-être une grande offensive militaire.

L'émir rit sèchement, non par choix mais à cause de sa maladie.

— Je ne pense pas qu'on veuille aller jusque-là pour me tuer.

— J'espère bien que non, dit Remo du fond du cœur.

— Oh, je ne doute pas qu'il y en ait beaucoup qui souhaitent ma mort, mais la plupart ne tenteraient de me tuer que si c'était facile. Comme vous le savez, la perspective d'avoir à faire un effort, pour accomplir une tâche particulière, rend cette tâche beaucoup plus difficile et indésirable.

— C'est assez vrai, reconnut Remo.

— Sauf dans le cas du fanatique, intervint Chiun et Remo et l'émir l'écoutèrent. Très souvent, c'est la difficulté qui rend la mission d'autant plus désirable pour le fanatique.

— Excellente observation, dit l'émir. Je salue une sagesse manifestement supérieure.

Soudain, il dut être frappé d'une vive douleur car sa figure se convulsa. Puis il fut pris d'une quinte de toux et secoué de spasmes. Chiun, en murmurant en coréen des mots de réconfort, avança une main et toucha la poitrine de l'émir, en la passant sur les côtes.

La toux se calma et l'expression de l'émir indiqua que la douleur avait disparu aussi. La grimace faisait place à un air surpris, puis enchanté.

— Mais... que m'avez-vous fait ? demanda-t-il à Chiun.

— Une simple manipulation des muscles.

— Etes-vous médecin ?

— Pas dans la stricte acception du terme, répondit Remo à la place de Chiun.

— Mais il est évident que vous avez des connaissances de médecine.

Chiun inclina la tête.

L'émir changea de position. Remo eut l'impression qu'il essayait aussi de prendre une décision. Quand il s'immobilisa, il eut l'air de l'avoir prise.

— Voulez-vous m'examiner ? demanda-t-il à Chiun.

Chiun regarda Remo qui fit un geste d'indifférence.

— Je ne sais pas si je pourrai vous dire autre chose que ce que vous ont déjà dit vos propres médecins, avertit Chiun.

— Et aucun de mes médecins n'a été capable de faire ce que vous venez de me faire du bout des doigts. Je vous en prie, je serai éternellement votre débiteur, si vous acceptez de m'examiner. Quel que soit le résultat.

Les yeux du malade croisèrent ceux de Chiun, les retinrent un moment et il répéta :

— Je vous en prie.

A ce moment, la princesse Sarra entra dans la chambre, en longue robe de soie, ample, avec un gros collier de diamants au cou. La figure de l'émir s'éclaira en la voyant.

— Sarra !

— Oui, mon frère ?

— Sois gentille. Emmène M. Remo faire une promenade pendant que son compagnon et moi avons une conversation en particulier.

Aux oreilles de Remo, c'était une demande polie mais il commençait à apprendre qu'une requête royale, même poliment formulée, était un ordre à être obéi sur l'heure. Sarra s'inclina légèrement.

— Certainement, mon frère. Venez, Remo, s'il vous plaît.

— Montrez le chemin, Altesse. Je vous verrai en bas, Chiun.

Mais le vieux Coréen ne l'entendit pas. Il avait déjà les mains sur la poitrine de l'émir et la palpait doucement.

Marchant à côté de Sarra, Remo s'aperçut qu'elle avait ôté ses bottes à talons hauts car elle était bien plus petite que lui.

— Qu'est-ce qui se passe ? demanda-t-elle.

— Comment ça ?

— Mon frère et votre compagnon.

— Pour être tout à fait franc, Altesse, je n'en sais rien du tout, avoua Remo.

Sarra le conduisit sur une grande terrasse, entourée d'un immense jardin mal entretenu. Au centre, il y avait une grande fontaine. Ils allèrent s'asseoir à côté, sur un banc de pierre, et regardèrent couler l'eau.

— Vous vivez ici tout le temps ? demanda Remo.

— Non, j'ai un appartement à New York. A vrai dire, je suis très rarement ici. Je m'y ennuie vite.

— Pakir a l'air de pouvoir se passer de vous. J'ai l'impression qu'il vous en veut.

— Pakir est amoureux de moi, mais il est extrêmement orgueilleux. Une femme doit rester une femme et ne pas mettre son nez dans les affaires des hommes. En réalité, ses affaires ne m'intéressent pas le moins du monde. J'ai bien assez de mes propres affaires.

Elle regarda Remo, lui toucha la main, puis elle rit légèrement.

— Qu'est-ce qu'il y a de drôle ?

— Je m'attendais à ce que des étincelles sautent de ma main à la vôtre.

— Moi aussi.

Il s'approcha d'elle et toucha du bout des doigts un point dans son dos, dans un petit mouvement circulaire. Elle arqua le dos comme une chatte qu'on caresse.

— J'aimerais que vous veniez me rendre visite, murmura-t-elle, les yeux mi-clos sous la légère pression des doigts de Remo. Chez moi. Bientôt.

— Très bientôt, promit Remo.

Quand elle rouvrit les yeux pour le regarder, elle fut attirée par quelque chose, derrière lui, et se raidit subitement. Remo suivit son regard et vit Chiun qui les observait, de la terrasse.

— Vous et lui, murmura-t-elle, on dirait que vous êtes faits pour être ensemble.

— Oui. Nous sommes unis par des millénaires de tradition.

— Mais laissez-le à la maison, quand vous viendrez me voir à New York, dit-elle.

— Vos désirs sont des ordres, trésor, dit-il et il se leva pour aller rejoindre Chiun.

— Alors ? demanda-t-il. Il s'en sortira ?

Chiun secoua lentement la tête.

— Il mourra, et beaucoup plus tôt que tout le monde le pense.

— Vous le lui avez dit ?

— Tu me crois insensible ? Je lui ai dit que je ne découvrais rien d'autre que ce qu'avaient trouvé ses propres médecins. Il l'a accepté.

Chiun se détourna et contempla la mer.

— Vous êtes bizarre depuis que nous sommes ici, lui dit Remo. Et encore plus depuis que nous avons vu l'émir. Est-ce que vous avez finalement décidé de le tenir pour responsable de cette dette ?

Chiun le regarda d'un air furieux.

— Puisque tu as l'air si intéressé, je vais te dire ce qui me tracasse ! Cet homme est un grand homme, un grand monarque. Un Maître de

Sinanju sait reconnaître un vrai monarque quand il en rencontre un. Cet homme était né pour régner et ce qui lui arrive depuis quelques mois est pire que méprisable, pire qu'odieux. Il vaut mieux qu'il meure plutôt que de vivre en exil.

— Voilà ce qui arrive aux gens qui font confiance aux Etats-Unis. En ce moment, le chemin le plus court vers le cimetière, c'est de compter sur nous pour vous donner un coup de main... Chiun... Vous n'avez pas...

— Je n'ai rien fait pour abréger cette misère causée par ton gouvernement, déclara froidement Chiun. Je te l'ai dit, il mourra assez vite.

Remo poussa un soupir de soulagement.

— Bon, ça va alors. Trouvons Pakir et demandons-lui de renforcer un peu sa sécurité, et peut-être arriverons-nous à permettre à l'émir de mourir tranquille.

Le conseil de Remo à Pakir fut simple :

— Amenez des chiens. Vous avez tout simplement trop de terrain à couvrir. Si vous mettez des chiens des deux côtés de l'île, ça forcera un envahisseur à pénétrer par le milieu. Comme ça, tous vos systèmes auront plus de chances de le détecter.

Pakir écouta poliment mais sans enthousiasme. Sa froideur n'inquiéta pas Remo. A leur retour, il transmettrait sa recommandation à

Smith et Perce Pakir aurait des chiens, que ça lui plaise ou non.

La vedette des gardes-côtes revint les chercher à l'appontement principal, face à la terre, pour les conduire aux docks de Brooklyn où on avait découvert les cadavres des deux malfrats.

En chemin, Remo se servit du radio-téléphone pour appeler Smith à son siège du sanatorium de Folcroft.

— Qu'en pensez-vous ? demanda Smith.

— Pas mal, répondit Remo. Le chef de la sécurité, là-bas, ne nous aime pas, mais je lui ai dit de se procurer des chiens.

— C'est Pakir ? demanda Smith.

— C'est ça.

— Je veillerai à ce qu'ils aient des chiens.

— Et qui est le clown qui nous représente là-bas ?

— C'est l'agent Randisi.

— FBI ? demanda Remo.

— Oui.

— Balancez-le. Il n'est pas foutu de trouver son pied dans sa chaussure. Il n'était même pas là quand nous avons discuté de la sécurité avec Pakir.

— Comment va le grand homme ? demanda Smith.

Remo comprit de qui il parlait.

— Impressionnant mais plus pour longtemps de ce monde. Il mourra dans son lit.

— S'il doit mourir, c'est ce que je préfère.

— Vous avez trouvé quelque chose sur les types du quai ?

— Ils cherchaient un assassin pour éliminer Romeo. On dirait qu'ils en ont trouvé un.

— Aucune idée de qui c'est ?

— Non, aucune. Ça pourrait même être un amateur. Il paraît que tous les professionnels ont eu peur et ont refusé. Voyez ce que vous pouvez découvrir.

— OK, Smitty.

Ils étaient presque arrivés quand Remo coupa la communication. Quelques minutes plus tard, ils rôdaient sur le quai sale et nauséabond.

— On dirait que c'est ici, Chiun, dit Remo.

— Regarde davantage avec tes yeux, mangeur de viande, grogna Chiun.

Il y avait des taches brunes dans le bois de la jetée, apparemment des traces de sang. Remo s'accroupit et les examina.

— Je ne sais même pas ce que nous cherchons ! se plaignit-il.

Chiun s'accroupit à côté de lui et regarda un peu partout. Il avança sa main et la passa sur les traces.

— Il y a quelque chose de fiché dans le bois, annonça-t-il.

Habilement, de ses longs ongles, Chiun creusa le bois du dock et dégagea la chose.

— Voilà, dit-il en présentant sa main ouverte à Remo.

— Voilà quoi ?

Remo ne voyait qu'un petit point noir, un éclat, une écaille de quelque chose.

— As-tu déjà vu quelque chose d'aussi noir ? demanda Chiun.

— Rien que l'intérieur d'un cœur de Chinois, répondit Remo.

— Digne sentiment, mais mal à propos. Fais attention. Examine soigneusement cette écaille de peinture.

— Bon, c'est très noir, dit Remo et il se pencha. Très, très noir. Et alors ?

— Je n'ai jamais rien vu d'aussi noir, déclara Chiun. Ça ne reflète aucune lumière du tout.

— Je ne vois vraiment pas où vous voulez en venir.

— Quelque chose d'aussi noir doit être invisible dans l'obscurité, expliqua Chiun. Ça ne refléterait rien, ça ne renverrait rien à l'œil. Est-ce que ça répond à ta question ?

— Vous voulez me dire que nous avons affaire à un type qui a une espèce de peinture invisible ? Quelqu'un qui se peint en invisible ?

— C'est possible.

— Dieu de Dieu ! Smitty va adorer celle-là ! dit Remo.

CHAPITRE VII

Elmo Wimpler avait eu peur du noir toute sa vie mais maintenant il savait que la lumière était son ennemie. Dans l'obscurité, dans le noir, il était Dieu, un roi, seigneur de tout ce qu'il voyait. Mais à la lumière, il ne pouvait être qu'un petit homme en costume foncé. Il redevenait le pitre, le nabot, le minable.

Oh non. Jamais, jamais plus !

Il avait goûté au pouvoir, en tuant ces trois hommes, il avait éprouvé un incroyable sentiment de puissance dépassant tout ce qu'il avait jamais ressenti de sa vie.

Il n'entendait pas renoncer à cette puissance. Le pouvoir de faire n'importe quoi. D'acheter n'importe quoi. D'avoir n'importe quelle femme. De décider de la vie et de la mort des gens.

Sa seule ennemie était la lumière.

Dans son garage, Elmo examina son matériel noir invisible et s'aperçut qu'un peu de peinture s'était écaillée. Il fallait travailler ça, pour éviter que la chose ne se reproduise. Peut-être devrait-il ajouter à la peinture une base de caoutchouc ou de latex, pour qu'elle soit flexible et ne s'écaille pas. Il repassa au noir le petit point visible.

Le matériel était comme neuf.

Il avait envie de s'en servir encore. Il avait hâte de s'en resservir !

Et il savait exactement sur qui. Il avait deux dettes à faire payer.

Pendant que son arme séchait, il chercha sur ses étagères une invention à laquelle il avait travaillé quelques années plus tôt. C'était un oscillateur électronique. Braqué sur une source d'énergie, il bloquerait le courant, changerait sa fréquence et ferait sauter les lumières tout le long du circuit. Ça marchait mais ça n'avait pas de valeur commerciale. Qui voudrait éteindre l'électricité ?

Wimpler l'avait donc mis sur une étagère et oublié. Jusqu'à présent. Il retrouva la petite boîte et y glissa une pile neuve de neuf volts. Puis il la braqua sur la veilleuse allumée dans le garage. Il n'y eut aucun bruit mais la lumière s'éteignit.

Elmo rit tout haut. Il vaporisa l'appareil avec sa peinture d'invisibilité et enfila sa tenue spéciale.

Il était temps de rendre visite à ses voisins,

Curt et Phyllis. Il avait l'intention de consacrer un peu plus de temps à Phyllis, et d'en finir rapidement avec Curt. Très rapidement.

Pénétrer dans la maison était facile. La porte de service n'était pas fermée à clef. Il s'avança dans le couloir obscur et s'arrêta pour regarder Phyllis faire la vaisselle. Le spectacle l'intéressa. Elle portait un bain de soleil laissant le dos nu et il admira la courbe de sa colonne vertébrale descendant vers les fesses rondes dans la petite culotte rose. Dans la nuit chaude, ses longues jambes luisaient de transpiration. Elle était pieds nus, ses chevilles étaient fines, délicates, et elle fredonnait tout en travaillant. Malgré ses cheveux crêpés et sa grande gueule, c'était une sacrée femme. Elle avait toujours été son principal fantasme sexuel. Il s'imaginait en-train de lui faire des choses inimaginables et ce soir, quand il en aurait fini avec Curt, il les lui ferait toutes.

Sur sa gauche, il y avait l'escalier du sous-sol et il entendait Curt en bas, qui soufflait et grognait en faisant sa gymnastique du soir. Jetant un dernier regard concupiscent au dos de Phyllis, il descendit sans bruit.

Allongé sur le dos, Curt faisait des tractions avec un long haltère lesté de deux disques de trente kilos chacun. Il souleva la barre, cala ses coudes, et la laissa lentement tomber en travers de sa poitrine. Quand l'haltère fut de nouveau au-dessus de la tête de Curt, Elmo braqua son oscillateur sur l'ampoule du plafond. Aussitôt, le sous-sol fut plongé dans l'obscurité.

— Merde, grogna Curt, les foutus plombs ont sauté.

Wimpler était déjà derrière lui, son casse-crâne ouvert.

— Curt ? murmura-t-il.

— Quoi ? Qui est là ?

La peur dans la voix du colosse fit courir un frisson de plaisir dans le dos d'Elmo.

— Rien que votre bon voisin, répondit-il en plaçant le casse-crâne autour de la tête de Curt. Adieu, voisin.

Il pressa la détente, entendit le souffle du compresseur et puis le craquement des os.

Curt n'eut même pas le temps de crier.

Elmo alla au pied de l'escalier. La main sur la bouche, il essaya d'imiter le rugissement de Curt et hurla :

— Phyllis !

Il la distingua dans l'ombre, penchée au sommet de l'escalier.

— Curt ? Pourquoi est-ce qu'il fait noir là en bas ?

Etouffant toujours sa voix, Wimpler cria :

— Descends, tu veux ?

Bravement, elle descendit. Elmo la laissa passer devant lui puis il courut silencieusement sur les marches pour fermer la trappe et empêcher toute lumière de pénétrer. Puis il redescendit, invisible dans l'obscurité, et alla se placer derrière elle.

— Curt ? appela-t-elle avec une légère inquiétude.

Elmo l'enlaça. Elle crut que c'était son mari et ronronna.

Elmo lui flanqua un bon coup sur la tête, la bâillonna et entreprit de réaliser ses fantasmes.

CHAPITRE VIII

— Encore un ? demanda Remo.

— Tout comme les autres. Le crâne éclaté, dit Smith et il donna à Remo une adresse à Brooklyn.

— Rien sur cette écaille de peinture ?

— Rien encore. Elle est toujours au laboratoire. Je vous ferai savoir ce qu'on aura découvert.

Remo raccrocha et contempla Manhattan par la fenêtre. Il s'était installé dans cet hôtel du centre pour être près de la princesse Sarra et maintenant il devait repartir à Brooklyn.

Et il n'aimait pas Brooklyn. Il n'avait jamais aimé Brooklyn. Quand il était petit, à l'orphelinat, les religieuses lui avaient fait lire une nouvelle intitulée « Seuls les morts connaissent Brooklyn ».

Pour une composition, on avait demandé le titre de l'histoire et il avait répondu « Seuls les Idiots aiment Brooklyn ». Pour cette réponse impertinente, il avait reçu des coups de règle sur les doigts et, depuis, il gardait une dent contre Brooklyn.

Quand Chiun et lui arrivèrent à l'adresse indiquée, ils virent un petit homme à l'allure effacée, sortant de la maison voisine. Il portait un grand carton dans une camionnette de location d'une société de déménagement sans déménageurs.

Quand le petit homme s'en approcha, il trébucha et faillit tomber. Remo se précipita pour le soulager du fardeau et l'aider à reprendre l'équilibre. Puis il l'aida à placer le lourd carton dans la camionnette et le petit homme se confondit en remerciements.

— De rien, dit Remo. Vous déménagez ?

— Oui, monsieur. La criminalité devient impossible dans ce quartier et on ne peut plus y vivre. Surtout après ce qui s'est passé à côté.

— Vous connaissiez bien ces gens ?

Elmo Wimpler secoua la tête.

— Pas vraiment. Bonjour bonsoir, c'est tout. Mais c'est terrible, terrible ! Un crime, juste à côté de chez moi !

— Un crime ? Je croyais que la police s'interrogeait encore sur la mort.

— Je ne sais pas ce que pense la police, tout ce que je sais c'est que Phyllis, c'est la femme de Curt, a raconté à tout le quartier qu'il a été assassiné et qu'elle a été... euh... sexuellement violentée.

Le petit homme parut gêné de prononcer ces mots. Remo eut aussitôt pitié de lui. Quelle vie terne et morne il devait avoir !

— Vous avez entendu du bruit, hier soir ? demanda-t-il.

— Rien du tout, mais je me suis couché de bonne heure et j'ai le sommeil très profond. Phyllis dit qu'elle a crié mais je n'ai rien entendu. Je le regrette bien.

— Vous avez peut-être eu de la chance, dit Remo en lui donnant une petite tape sur l'épaule. Vous auriez pu être la prochaine victime.

Le petit homme frémit.

— Il faut que je termine mes bagages, marmonna-t-il.

— Allez-y. Merci.

Le petit bonhomme rentra dans la maison et Remo alla rejoindre Chiun.

— Ce petit homme n'aime pas ses voisins, déclara le vieux Coréen.

— Qui les aime ? Allons voir Phyllis.

Le deuil de son mari ne lui avait pas fait choisir une tenue plus sobre. Elle portait un short ultra-court et un tee-shirt bien moulant. Pas mal, pensa Remo quand elle ouvrit sa porte. Si seulement elle avait un peu plus pris soin de sa figure, elle serait même passable.

— Qu'est-ce que vous voulez ? demanda-t-elle.

— C'est au sujet de votre mari, répondit Remo.

Malgré sa perte récente, elle examina Remo et ce qu'elle vit lui plut. Il n'était pas grand, comme Curt, mais il avait quelque chose de viril, quelque chose qui lui causait de petits frissons.

— Vous êtes un flic ? demanda-t-elle.

Remo sourit.

— Nous nous intéressons à la personne qui a tué votre mari.

Comme la plupart des gens, elle avait posé une question et n'avait pas écouté la réponse. Elle pensa que Remo lui avait dit qu'il était de la police. Elle regarda Chiun :

— C'est un flic aussi, lui ?

— Pas précisément. Beaucoup plus que ça, dit Remo et il fut récompensé par un léger sourire de Chiun. Pouvons-nous entrer ?

Elle hésita un moment, puis elle recula.

— Ma foi...

Quand Remo passa devant elle, il fit exprès de la frôler. Chiun suivit et elle referma la porte.

— Je peux vous servir quelque chose ? proposa-t-elle. Du café ? Un verre ?

— Non, merci. Nous ne voulons pas trop vous retenir. Pouvez-nous nous montrer où ça s'est passé ?

— Eh bien... je ne veux pas descendre là-dedans. Je vais vous montrer où c'est. Vous irez tout seuls.

Quand elle les conduisit à l'escalier du sous-sol, Remo remarqua que la porte de service n'était pas verrouillée.

— Vous ne fermez jamais à clef ? demanda-t-il.

Elle le regarda, puis elle passa devant lui et alla pousser le verrou.

— Une mauvaise habitude. Faudra que je la perde.

La porte de l'écurie, pensa Remo. Elle resta dans la cuisine pendant qu'ils descendaient.

La police avait très vaguement tenté de nettoyer les traces de sang par terre. Il y avait une couverture roulée en boule dans un coin et, d'après les taches, on devinait à quoi elle avait servi.

Sans effort, Remo écarta les haltères et s'accroupit pour examiner les traces sur le sol. Chiun était penché sur la couverture.

Après un examen approfondi, qui dura au moins quatre secondes, Remo se releva en disant :

— Je ne vois rien du tout.

Sans se retourner, Chiun grogna :

— Viens par ici, machin blanc.

Remo alla s'accroupir à côté de lui.

— Vous avez trouvé quelque chose ?

— Regarde, dit Chiun en tendant sa main

ouverte, sur laquelle il y avait une autre minuscule écaille de peinture.

— Tout se tient, déclara Remo. Même tueur. Et nous ne savons toujours rien de lui.

— Nous l'apprendrons, affirma Chiun. Ou du moins, moi je l'apprendrai et je te raconterai tout.

Remo glissa la petite écaille dans sa poche de chemise et suivit Chiun au rez-de-chaussée. Phyllis s'était arrangé la figure et les cheveux. Elle n'était pas mal du tout, maintenant, pensa Remo. A moins de la comparer avec la princesse Sarra, auquel cas elle ne serait qu'un prix à réclamer en queue de peloton.

— Avez-vous entendu quelque chose, avant que votre mari vous appelle ?

— Non. Rien.

— Il y avait de la lumière, à la cave ? demanda Chiun.

— Non. C'était éteint.

— Merci, dit Remo. Vous avez été très utile.

— Si vous avez besoin d'autre chose, passez me voir, dit-elle à Remo, en souriant et en tapotant ses cheveux.

Puis elle parut se rappeler qu'elle était veuve depuis peu et tamponna son nez avec son mouchoir. Elle les accompagna à la porte, en chuchotant à Remo :

— C'est vraiment un flic ? Vous pouvez bien me le dire.

— En réalité, c'est un agent de la CIA, souffla Remo. Mais c'est très confidentiel.

— Ah mince ! fit Phyllis.

Quand ils sortirent, ils virent le petit homme d'à côté qui achevait de charger sa camionnette.

— Lui ! grogna Phyllis.

— Quoi, lui ?

— Si ces criminels ne s'imaginaient pas que toutes les maisons appartenaient à de petits nabots minables comme lui, ces choses-là n'arriveraient pas ! Curt serait encore en vie.

Remo se demanda si elle cherchait réellement à rendre ce petit bonhomme inoffensif responsable de la mort de son mari.

— Vous avez certainement raison, dit-il. Merci de nous avoir reçus.

— C'était bien le moins. Passez-moi un coup de fil, si vous avez besoin de moi, hein ?

Elle insista un peu sur le mot « besoin ».

— Je n'y manquerai pas.

Tandis que Remo et Chiun retournaient à leur voiture, elle sortit sur son perron et glapit :

— Hé, minable ! Ça n'aurait pas pu être vous, à la place de Curt, petit nabot de rien du tout ?

Remo jeta un coup d'œil au petit homme qui restait planté là et regardait la femme hurlante.

Pauvre petit bonhomme.

Quand Remo et Chiun furent partis, Elmo plongea une main dans sa poche et en retira un petit bout de soie rose. Il le secoua et le déplia ostensiblement. C'était un slip de femme.

Après l'avoir exhibé pendant quelques secondes, il l'embrassa et le jeta dans un des cartons, à l'arrière de la camionnette.

Rien n'avait échappé à Phyllis. Elle retint sa respiration. Sa culotte lui avait été arrachée dans la nuit, par l'assassin-violeur fantôme.

Mais non, ça ne pouvait pas être lui. Non, pas Wimpler.

Elle le regarda fermer sa maison à clef et retourner à la camionnette. Avant d'y monter, il se tourna vers elle et lui lança un baiser du bout des doigts.

Non, pensa-t-elle, les bras serrés autour d'elle. Ce n'était pas possible. Non, ce n'était absolument pas possible.

CHAPITRE IX

Elmo Wimpler avait beaucoup de contrats à remplir et beaucoup de millions à gagner dans sa nouvelle profession mais, avant, il avait à s'occuper d'une affaire plus personnelle.

De trois affaires, à vrai dire.

Les trois patrons des Amis des Inventeurs travaillaient tard dans leur bureau, où ils examinaient les comptes des rentrées de la semaine, quand soudain tout s'éteignit.

La porte de la pièce s'ouvrit et se referma aussitôt.

Ernie, assis au milieu de la table, entendit le grognement de son associé de droite et sentit quelque chose de mouillé le frapper à l'épaule. Il se tourna vers l'associé en question et, dans la pénombre, il vit qu'il n'avait plus que la moitié de sa tête. Il devina que ce truc mouillé était du sang.

Il tourna la tête à gauche, entendit une espèce de *pffffft*, un craquement d'os, et le grognement de son autre associé, et vit sa demi-tête basculer et frapper la table.

— Ben merde ! s'écria-t-il en se levant d'un bond et en regardant autour de lui, mais il ne vit rien.

— Navré de n'avoir rien pu trouver de mauve, dit une voix sortant des ténèbres et du vide.

— Qui est là ? bredouilla Ernie.

Il fut poussé par derrière et se retourna vivement mais il n'y avait personne.

— Je deviens dingue en plein, dit-il tout haut.

— Vous avez vendu votre voiture ? demanda la voix désincarnée.

Quelque chose gifla Ernie mais, encore une fois, il n'y avait rien ni personne à voir.

— Je rêve, dit-il.

— Non, pas du tout, dit la voix.

— Qu'est-ce que c'est que ça ? cria-t-il en chevrotant de peur.

— Pensez mauve...

Ernie sentit quelque chose contre sa tête et, juste avant de mourir, il se rappela le petit bonhomme minable qu'ils avaient reçu, avec sa drôle de peinture noire.

Non, ça ne pouvait pas être lui. N'est-ce pas ?

Pffffft. Crac.

— Trois de plus ? demanda au téléphone Remo à Smith, dans sa chambre d'hôtel de New York donnant sur Central Park.

— C'est ça, répondit Smith et il donna à Remo l'adresse des Amis des Inventeurs. C'est une opération bidon qui extorque de l'argent aux gogos qui s'imaginent avoir inventé quelque chose mais qui ne fait jamais rien breveter.

— Tous avec le crâne éclaté ?

— Oui. Mais cette fois, il y a autre chose. Un petit mot sur la table, écrit à la peinture mauve.

— Et qu'est-ce qu'il dit, ce mot ?

— « C'est le dernier que je fais à l'œil. »

— Et un autre amateur succombe à l'attrait du lucre et devient professionnel, dit Remo.

— Et pour un professionnel, le seul objectif dans cette ville est l'émir de Bislami, déclara Smith. Au fait, Chiun avait raison, à propos de la peinture. C'est un composé métallique spécial qui absorbe toute la lumière.

— Est-ce que ça pourrait rendre quelqu'un invisible ?

— Dans le noir, oui. Tout ce qu'on pourrait voir, serait un contour, une silhouette noire sur fond clair. Mais sans aucun détail parce que ça ne renverrait aucune lumière à l'œil.

— Mais en plein jour ?

— En plein jour, si notre homme portait une espèce de costume recouvert de cette peinture, on verrait la silhouette noire d'un homme. Un peu comme une ombre.

— Alors, il ne peut agir à la lumière.

— Non, ou alors je ne vois pas comment, dit Smith.

— Vous vous souvenez que je vous ai dit d'envoyer des chiens à l'île de l'émir ?

— Oui. Ils y sont déjà.

— Installez aussi des projecteurs, dit Remo. Partout. Que tout ait l'air du Yankee Stadium un jour de match nocturne.

— Bonne idée.

Ces mots parurent si singuliers, à l'oreille de Remo qu'il demanda :

— Vous voudriez répéter ça ?

— Je dis que c'est une bonne idée.

— Maintenant, je peux mourir heureux.

— Ne mourez pas du tout. Et ne laissez mourir personne d'autre, dit sèchement Smith avant de raccrocher.

Remo reposa le combiné et se tourna vers Chiun.

— Trois de plus.

— C'est ce que j'ai entendu. Je ne suis pas encore si vieux que mes oreilles refusent de fonctionner. L'empereur m'a semblé soucieux.

— Il s'inquiète pour l'émir.

— Nous n'avons encore jamais affronté d'homme invisible.

Remo fronça les sourcils et grommela :

— Ce n'est qu'un mec en costume noir.

— Tu peux le souhaiter, lui dit Chiun. Mais il

y a déjà six personnes avec la tête en petits morceaux qui ne seraient pas d'accord avec toi.

En dépit de toutes les voies de fait commises dans la salle de conférence des Amis des Inventeurs, la pièce avait l'air d'avoir été démontée et envoyée chez le teinturier. Pas une tache sur le tapis. Les chaises bien en ordre tout autour de la table. Le tableau noir pour les présentations, soigneusement poussé contre le mur.

La seule note un peu discordante dans cette symphonie de l'ordre et du bon goût était le message écrit à la peinture sur la table de conférence, « C'est le dernier que je fais à l'œil. »

Mauve, avait dit Smith.

— Chiun, dit Remo.

Le vieux Coréen ne répondit pas. En levant les yeux, Remo le vit près de l'interrupteur. Il l'abaissa et le lustre s'éteignit. Il le redressa et la lumière revint.

Noir. Lumière.

Noir. Lumière.

— Chiun, quand vous aurez fini d'inventer l'électricité, voulez-vous venir ici ? demanda Remo.

Chiun s'approcha de la table.

— Vous voyez ça ? La peinture violette. C'est le message laissé par le tueur.

Chiun secoua la tête.

— Non, dit-il.

— Comment ça, non ?

— Ce n'est pas violet, c'est mauve.

Remo n'était pas contrariant. D'accord, c'était mauve. Même s'il voyait ça violet.

— Qu'est-ce que vous fricotiez avec la lumière ?

— J'essayais d'apprendre quelque chose.

— Quoi donc ?

— Je ne l'ai pas encore appris.

Remo passa dans l'antichambre où la réceptionniste blonde se pomponnait. Devant elle sur son bureau, il y avait un peigne, de la laque à ongles, du fond de teint liquide, du mascara, quatre tubes de rouge à lèvres de différentes couleurs et du brillant à lèvres.

— Dites, c'est pas un drame ? dit-elle à Remo.

— Je vois que vous avez du mal à vous en remettre.

— Ils n'étaient pas mauvais. Enfin, pour des types comme ça.

Elle bomba le torse en direction de Remo qui se demanda si les bonnes manières lui permettaient de prendre la fuite, dans sa panique, vers le fond de la pièce.

— Qui était ici hier soir, quand c'est arrivé ? demanda-t-il.

— Rien que Willy, le concierge. Il faisait le ménage dans un des bureaux. Vous voulez que je l'appelle ?

— S'il vous plaît. Et puis j'aimerais que vous parcouriez votre fichier. Trouvez-moi le nom et l'adresse de toutes les personnes qui se sont présentées ici depuis six mois. Tous les clients. Et ce qu'ils ont inventé.

— Mince alors ! Ça me demandera au moins une demi-heure !

— Je vous paierai des heures supplémentaires, promit Remo. Mais appelez d'abord Willy.

Willy le concierge avait des cheveux blancs, des lunettes à double foyer et un froncement de sourcils apparemment congénital.

— Avez-vous entendu quelque chose hier soir, Willy ? lui demanda Remo. Ou vu quelque chose ?

— Ma foi, dit le vieux.

Sur quoi il referma la bouche comme si cela constituait une réponse amplement suffisante.

— Willy, il faut nous dire, c'est important.

— Laisse-moi discuter de ça avec monsieur Willy, chuchota Chiun. Tu ne sais pas parler aux vieilles personnes.

Son kimono vert ondula autour de lui quand il s'approcha du concierge.

— Maintenant, répondez aux questions.

Sa main jaillit de sa manche et saisit entre deux doigts l'oreille de Willy.

— Ouillouillouille ! Oui, oui, monsieur !

— Willy va nous aider, maintenant.

— Je suis vraiment content que vous compreniez l'esprit mûr, dit Remo.

— Tous les esprits se ressemblent quand il s'agit de douleur, répliqua Chiun.

Une fois que Willy le concierge commença à parler il n'y eut plus moyen de l'arrêter.

— Je n'avais pas envie qu'on aille s'imaginer que je suis sénile, mais je l'ai bien entendu. J'ai entendu une voix. Et ce n'était pas celle d'un des associés, vu que je connais leurs voix, qu'elles ont toutes l'accent de Long Island, mais celle-là n'était pas comme ça, seulement quand je suis entré j'ai rien vu du tout, mais je sais que j'ai entendu. Et faut pas croire que je suis sénile, non monsieur. Et puis je l'ai entendu dire, « c'est le dernier que je fais à l'œil ». Mais j'ai vu personne. Là-dessus, j'ai dû téléphoner à la police, et puis tout nettoyer ce bordel. C'était affreux, quelqu'un m'a laissé tout ce sale merdier sanglant et vous ne pouvez pas savoir le temps qu'il m'a fallu pour rendre cette pièce à nouveau propre.

— Mais vous n'avez vu personne ?

— Rien que ces macchabées. Horrible, c'était, de la cervelle et tout, tout partout.

— La voix que vous avez entendue. Comment était-elle ?

— Ma foi, c'était rien qu'une voix. Plutôt douce. Mais une voix d'homme. Une voix d'homme douce, comme qui dirait un chuchoteur, vous savez comme il y a des gens ?

Willy se frottait toujours l'oreille.

— Je peux partir, maintenant ?

— J'en ai fini avec vous, répondit Remo.

— Pas moi, dit Chiun.

Willy plaqua ses mains sur ses oreilles.

— Laissez vos oreilles tranquilles, idiot, et ouvrez-les ! gronda Chiun. Quand vous êtes entré dans cette salle hier soir, il y avait de la lumière ou non ?

Remo leva les yeux au ciel. Encore Chiun et sa lumière !

— L'interrupteur était baissé, répondit Willy, mais tout était éteint. Les neuf. Comptez-les. Neuf ampoules. Toutes grillées. Et elles étaient neuves, vu que je les ai changées y a pas un mois. Je change toutes les ampoules en même temps, parce que j'ai lu un truc une fois qui disait que c'était plus commode de faire ça que de les laisser se griller et de les changer une à une.

— Donc, les ampoules étaient éteintes et vous les avez remplacées ? demanda Chiun.

— Oui, monsieur. Oui. C'est ça.

— Vous pouvez aller, dit Chiun en congédiant Willy d'un geste de la main aux ongles longs.

— C'est comme ça que vous traitez les vieilles

personnes, Chiun, dit Remo quand ils furent seuls. Vous appelez ça du respect ?

— Le respect, contrairement à l'eau, coule de bas en haut. Cela veut dire que tu dois respecter toutes les personnes que tu rencontres. Tandis que moi, je dois être traité avec respect par tout le monde. Cela ne te plaît peut-être pas, Remo, mais c'est l'ordre des choses.

— Faites votre prochain sermon sur la modestie, conseilla Remo. Vous vous y entendez tellement. Pourquoi est-ce que ces ampoules vous intéressent tant ?

— Parce que notre homme invisible ne peut agir que dans l'obscurité. Ces derniers meurtres et celui de l'homme dont la femme se vernit les cheveux ont été commis dans le noir. Une obscurité créée par le tueur. Il doit avoir un moyen, Remo, d'éteindre la lumière.

Remo hocha la tête. Ce que disait le vieux Coréen n'était pas bête.

— Alors nous devons éteindre ses lumières en vitesse !

La secrétaire avait surestimé la difficulté de la recherche des noms, adresses et inventions de tous les clients que la maison avait reçus depuis six mois. Il n'y en avait que vingt et elle termina le travail en vingt-huit minutes.

Remo s'assit à la table de conférence et contempla la liste. Il ne savait pas ce qu'il cherchait. Mais sans aucun indice, il se contenterait de n'importe quoi. Et c'était là, qui sautait aux yeux. Le troisième nom.

— Chiun. Venez voir ça !

Chiun vint se pencher sur l'épaule de Remo.

— Regardez. Peinture invisible. Elmo Wimpler. Et regardez l'adresse. Juste à côté du type avec la femme vernie.

— Le petit homme qui n'aime pas ses voisins, murmura Chiun.

— Vous avez raison !

Remo n'avait pas fait le rapprochement :

— Eh oui ! Le petit minable avec la camionnette de location.

— Les petits sont souvent les plus dangereux !

Remo regarda Chiun, qui mesurait à peine un mètre cinquante mais réprima le sourire que cette réflexion méritait.

— Je crois que nous devrions aller chez Wimpler, et voir ce que nous pouvons y voir.

— Ou ne pas voir, dit Chiun.

CHAPITRE X

Elmo Wimpler avait laissé ses meubles derrière lui, en quittant sa vieille bicoque de Brooklyn. Remo comprit vite pourquoi. Le canapé était une masse couverte d'un tissu à fleurs, dans laquelle une personne normale, si elle commettait l'erreur de s'y asseoir, risquait de disparaître sans laisser de traces. Les fauteuils étaient avachis et élimés.

Dans la cuisine, les seuls meubles étaient une table ronde bancale et une chaise au siège à moitié défoncé. Dans la chambre, il y avait un lit et une armoire en bois vermoulu, qui avaient dû être sculptés pendant la Première croisade.

Remo fit méticuleusement le tour de la maison, pièce par pièce, en cherchant quelque chose, n'importe quoi, qui lui dirait qui était Elmo Wimpler et, surtout, où il était.

Mais toute trace personnelle avait disparu. Il n'y avait pas de cartons de vieilles lettres au sous-sol, pas d'albums de photos, pas de souvenirs de famille. Rien pour indiquer que la maison avait été habitée à un moment ou un autre, depuis la révolution industrielle.

Mais quand il retourna dans le living-room, Chiun avait trouvé quelque chose qui lui avait échappé.

Le vieux Coréen était assis par terre, en tailleur, et feuilletait un magazine. A côté de lui, sur le tapis élimé, il y avait un petit tas d'autres magazines. Ils avaient été empilés sous le canapé.

Remo les examina. Il y avait quatre magazines de femmes nues, pour une clientèle sado-maso. Mais les trois autres s'appelaient *Contrat.*

Il prit celui que Chiun parcourait. Sur la couverture il y avait le dessin d'un diplomate, en jaquette et pantalon rayé, à un coin de rue avec, derrière lui, un homme qui s'apprêtait à lui passer un garrot au cou. En travers du dessin, il y avait le titre de l'article en question : *Nouvelles Techniques pour un assassinat réussi,* et aussi, « L'homme le plus visé du monde ».

— Je n'ai jamais entendu parler de ce magazine, dit Chiun.

— Moi non plus. Est-ce que c'est ce que je crois que c'est ?

— C'est destiné à vos pseudos-assassins américains. Ça leur explique qui quelqu'un veut faire tuer et ce qu'on paye.

— Est-ce que les *Nouvelles Techniques* vous ont appris quelque chose ? demanda Remo.

— Simplement que toi et moi n'avons pas à craindre de nous retrouver sans travail. Tiens, dit Chiun en lui tendant le magazine ouvert. Ça t'intéressera.

C'était l'article intitulé « L'homme le plus visé du monde ». Et il était illustré par une photo de l'émir de Bislami en grand uniforme.

On disait que sa tête était mise à prix vingt millions de dollars et le titre avait été entouré d'un cercle à l'encre rouge.

Remo feuilleta le reste du magazine. A la table des matières, la page des petites annonces était soulignée en rouge. Il chercha la page en question et jeta un coup d'œil aux offres d'emploi.

« J F capable tuer de plaisir. Références exigées. » Suivait un numéro de boîte postale.

Il y avait des annonces demandant diverses spécialités : lancer de couteau, découpage, arbalète, poison indétectable, armes à lunette télescopique.

Une d'elle, cerclée de rouge, attira l'attention de Remo : « Avez-vous déjà tué un émir ? Renseignez-vous sur les prix. » (Autre numéro de boîte postale.)

Et encore : « Refroidir un émir » (et une BP).

Et une troisième : « Envoyez un monarque à la morgue. »

— Chiun, dit Remo.

— J'ai vu.

Il lisait un autre numéro de *Contrat*, et paraissait très absorbé. Remo fourra celui qu'il avait parcouru dans sa poche arrière et se leva pour aller jeter un coup d'œil au garage.

Il sortit par la porte de service et aperçut la veuve, Phyllis, dans le jardin voisin. Quand elle le vit, elle porta machinalement la main à ses cheveux crêpés.

— Fallait que vous reveniez, hein ? minauda-t-elle.

— Rien que pour vérifier deux trois trucs.

— Venez prendre un café ou quelque chose, quand vous aurez fini. Je pourrai peut-être vous aider.

— Navré mais je suis de service en ce moment.

— Quand vous quitterez le service.

— Peut-être. On verra.

Elle préféra prendre cette réponse pour un acquiescement, sourit et retourna à son jardinage.

Remo entra dans le garage, obscur même en plein jour à cause des épaisses feuilles de plastique noir sur les carreaux. Il trouva l'interrupteur et alluma l'ampoule du plafond.

Contre le mur du fond, il y avait un grand

établi. Sur les murs, des étagères contenaient toutes sortes de gadgets et d'appareils, apparemment le travail d'une vie d'un inventeur passionné. Chaque article était étiqueté, et portait la date de sa création.

Il y avait des souricières qui ressemblaient à des casiers à homards, une radio-lampe disco, un objet portant l'étiquette « Assouplisseur électrique à chaussures » ; c'était un pied métallique grandeur nature et, aux articulations, Remo devina qu'une fois branché, le pied se pliait et se tournait, pour « faire » les souliers neufs.

Deux places étaient vides mais les étiquettes étaient restées : « Casse-noix pneumatique » et « Oscillateur d'électricité ».

Le sol de ciment était couvert de taches multicolores. Par endroits, il y avait des traces de brûlures, ailleurs de trous ou des fissures. Probablement les résultats et les sous-produits d'inventions variées, pensa Remo.

Le centre du garage était occupé par un vieux tacot, une bagnole cabossée, rouillée et visiblement repeinte de neuf, rapidement, à la bombe d'émail bleu pâle.

Pourquoi se donnait-on la peine de repeindre un vieux clou pareil ? se demanda-t-il. Et pourquoi avec si peu de soin ?

Accoté contre la voiture, il réfléchit un moment. La seule raison qu'on avait de repeindre une voiture en vitesse serait de la déguiser, de la camoufler. Mais comment était-elle, avant le camouflage ? Il n'y avait pas grande différence entre une vilaine vieille bagnole bleue et une vilaine vieille bagnole verte, rouge ou noire.

Ou noire.

Remo se retourna vers la voiture et l'examina plus attentivement. Dans les coins autour du pare-brise il y avait des traces de noir. Et aussi autour des phares et des feux arrière.

Il trouva une portion d'aile relativement lisse et la gratta de l'ongle. Il ne se trompait pas. Sous la peinture bleue, il y avait du noir et à mesure qu'il en écaillait de plus en plus, il voyait que cette peinture noire était du noir mat, profond, total de ce truc invisible dont Chiun avait trouvé une écaille.

Remo sortit du garage et rentra précipitamment dans la maison de Wimpler, sans un regard pour les poses que prenait Phyllis dans son jardin.

Chiun lisait toujours *Contrat.*

— Vous aviez raison, Chiun !

— Naturellement. A quel propos, cette fois ?

— Il a dû essayer sa peinture invisible sur la vieille voiture, dans son garage.

— Nous savons qu'il a inventé cette peinture.

— Mais il a également inventé un casse-noix et quelque chose qui fait quelque chose avec l'électricité.

— Le casse-crâne et un appareil pour griller les ampoules, dit Chiun et Remo hocha la tête. Maintenant que j'ai fait tout ton travail, tu ne crois pas que tu me dois une toute petite faveur ?

— Quoi, par exemple ?

— Trouve-moi le directeur de ce magazine.

— Pourquoi ?

— Parce que s'ils paient leurs auteurs pour ces abominables essais et histoires, pense à leur fierté et à leur bonheur s'ils m'avaient, moi, pour écrire pour eux !

— Je ne crois pas qu'ils soient branchés sur la poésie Ung, hasarda Remo.

— Je ne te parle pas de poésie mais d'une autre sorte de beauté. Ils écrivent des articles sur des assassins et des éliminations et qui saurait mieux écrire sur ces sujets que moi ?

— Personne, sans doute, reconnut Remo mais son cœur se serrait.

Il avait cru que Chiun avait renoncé à son désir d'écrire pour gagner sa vie. Mais il s'était trompé. Chiun n'avait fait qu'attendre une occasion. Les écrivains ne renoncent jamais.

— Bien, dit Chiun. Renseigne-toi sur cette publication. J'écrirai pour eux et tu seras mon agent. Trois pour cent de tout ce que je gagnerai seront pour toi.

— O joie ! O félicité ! s'écria Remo. Je vais rouler sur l'or !

CHAPITRE XI

La Compagnie du Téléphone de New York avait établi sa réputation en étant capable d'installer une ligne téléphonique et de la mettre en service en soixante jours et de ne prendre que soixante secondes pour couper le téléphone. Mais dans son déménagement précipité de la maison de Brooklyn, Elmo Wimpler avait manifestement négligé d'avertir la compagnie, ce qui fait que le téléphone marchait toujours.

Quand Remo eut Smith au bout du fil, il perçut une certaine agitation dans sa voix.

— Où avez-vous été ? demanda le directeur de CURE. Je vous ai cherché partout.

— Du calme, vous vivrez plus longtemps. Nous sommes ici à résoudre cette affaire. Votre tueur est un petit pitre minable appelé Elmo Wimpler. Il a inventé la peinture invisible. Il a également inventé une espèce de machine à écraser les crânes et un gadget qui fait sauter l'électricité. Il habitait juste à côté de ce Curt qui s'est fait rectifier hier soir et ces trois mecs des Amis des Inventeurs avaient refusé son invention, celle de la peinture.

— Où est-il en ce moment ? demanda Smith.

— Je n'en sais rien. Il a foutu le camp de chez lui. Ça, c'était la bonne nouvelle. Maintenant, la mauvaise.

— Allez-y. Je commence à en avoir l'habitude, avec vous.

— Il y a un magazine qui s'appelle *Contrat*...

— J'en ai entendu parler.

— Nous en avons trouvé des numéros chez Wimpler. Un tas de trucs là-dedans, où il est question de tuer l'émir, et il les avait encerclés. Des articles, des petites annonces, des trucs comme ça.

Remo avait toujours le magazine dans sa poche. Il l'en tira et lut quelques annonces à Smith.

— Il y en a une, là, « Refroidir un émir ».

— Celle-là, c'est la mienne, dit Smith.

— Quoi ?

— J'ai fait passer celle-là. C'est pour ça que vous téléphonez ?

— Vous êtes responsable de « Refroidir un émir » ? Je ne vous aurais pas cru capable de ça !

— J'étais deuxième de ma classe à Dartmouth, en création littéraire, dit modestement Smith.

— Ma foi, n'allez pas vous figurer que je vais être votre agent, à vous aussi. J'ai déjà un client.

— J'ai fait passer cette annonce pour essayer de débusquer des gens qui envisageraient un contrat sur l'émir, expliqua Smith. J'ai reçu mes premières réponses aujourd'hui ; la plupart proviennent de fous, c'est évident, mais il y en a une, en particulier qui me paraît authentique. Je pense que ça pourrait être notre ami Wimpler. J'ai rendez-vous avec lui ce soir.

— Où ça ? demanda Remo.

— Devant la Prairie, à Central Park. A minuit.

— Nous irons à votre place, Smitty.

— Je n'ai pas besoin de vous dire à quel point c'est important !

— Alors ne le dites pas.

C'était toujours la même chose. Une petite insinuation sournoise et discrète, pour dire à Remo qu'il n'avait pas à ramener Wimpler vivant. Avec sa moralité de la Nouvelle-Angleterre et son puritanisme en pierre de taille, Smith avait du mal à ordonner à Remo de tuer quelqu'un mais, avec le temps, il avait trouvé tout un tas de façons de le dire sans le dire. Ce que Smith voulait, c'est que le corps de Wimpler soit laissé dans Central Park. Il ne s'agissait pas d'éluder la responsabilité. Remo avait vu les comprimés que Smith avait toujours sur lui, qu'il était prêt à avaler et qui le tueraient en quelques secondes. Remo avait vu le cercueil dans le sous-sol du sanatorium de Folcroft, dans lequel le corps de Smith serait expédié à une entreprise de pompes funèbres de Parsippany, dans le New Jersey, pour être promptement enterré, tous frais payés d'avance. Si Remo était sûr d'une chose au monde, c'était que jamais Smith ne chercherait à fuir ses responsabilités.

C'était autre chose. Simplement, un conflit entre la croyance profondément ancrée de Smith au respect de la loi et sa croyance également profonde et bien ancrée que CURE, tout en fonctionnant en marge des lois, était absolument indispensable à la survie de l'Amérique. Il était incapable de concilier les deux sentiments. Alors il réussissait à s'en accommoder en en parlant à mots couverts et en tournant autour du pot. Au lieu de donner à Remo l'ordre de tuer Wimpler, il lui rappelait simplement l'importance de la chose. Et Remo était bien entraîné. Il comprenait à demi-mot. Il savait qu'Elmo Wimpler devait mourir et que Smith serait enchanté du résultat et capable de se cramponner à un petit lambeau de sa personnalité pré-CURE en se disant qu'il n'avait pas ordonné cette mort. Enfin, pas carrément, quoi.

De retour dans le living-room, Remo annonça à Chiun :

— Venez. Cette nuit, nous allons faire un tour à Central Park.

Chiun se leva, comme s'élèverait une fumée légère, sans cesser de lire le numéro de *Contrat* qu'il avait entre les mains.

Il suivit Remo et Remo lui tint obligeamment la porte d'entrée, pour le laisser sortir le premier.

Remo entendit alors un bruit au-dessus d'eux. Chiun avait le nez dans son magazine. Remo entendit un grattement de pieds au bord du toit. Il perçut le frottement des pieds se repoussant du rebord.

Quelqu'un allait attaquer Chiun. En sautant du toit. Et le vieux Coréen, qui ne se rendait compte de rien, absorbé par son article, était une cible facile. Remo bondit par la porte ouverte, pivota et accueillit l'assaillant quand il bondit du toit bas. Il l'attrapa au vol, par la taille, et le craquement sec de sa colonne vertébrale se fit nettement entendre dans le silence de la nuit.

Remo laissa tomber le type. Chiun continua de marcher en lisant, sans lever les yeux.

— Il y en a un autre, là-haut, dit-il sans se retourner.

Remo leva les yeux, juste à temps pour apercevoir un second homme, couteau au poing, qui sautait du toit sur lui. Il se baissa vivement, saisit celui qui gisait dans l'allée et le lança en l'air.

Le mort et le vif entrèrent en collision dans les

airs. Et tous deux étaient morts quand ils retombèrent parce que le couteau du second s'était retourné sous l'effet violent de la collision et s'était plongé dans sa gorge.

Remo s'épousseta les mains et se retourna. Chiun était accoté contre leur voiture de location et lisait toujours.

Remo fit les poches des morts et examina leurs vêtements. Ils n'avaient aucun papier d'identité, aucune marque. Leur tête ne lui disait rien. Ils pouvaient être de n'importe quelle nationalité, ou presque. Ils n'avaient pas de portefeuille, pas d'étiquettes ou de griffes sur les vêtements, pas de permis de conduire. Rien.

Il les laissa où ils étaient et quand il retourna à la voiture, Chiun lui demanda :

— Pourquoi as-tu mis si longtemps ?

— Vous auriez pu m'avertir qu'ils étaient là-haut !

— J'étais occupé à lire. Pourquoi faut-il que, dans ce pays, les gens s'imaginent que lorsqu'on lit, on ne fait rien d'important ? Et mes magazines ! Tu les as laissés tomber là-bas. D'abord tu me fais attendre, et puis tu perds mes magazines. Vraiment, Remo !

De retour dans leur chambre d'hôtel, Remo rappela Smith pour lui parler de l'attaque, chez Wimpler.

— Pas la moindre identification ? demanda Smith.

— Pas la moindre.

— Avez-vous pu voir s'ils étaient étrangers ?

— Vous voulez dire, peut-être de ce Bislami de l'émir ? Je ne sais pas. Ils auraient pu être italiens, allez savoir.

— La peau basanée ?

— Oui, mais ça peut vouloir dire espagnol, italien, bislamien ou je ne sais quel autre pays de bronzés. D'ailleurs, pourquoi est-ce qu'un Bislamien enverrait une équipe de tueurs contre Chiun et moi ?

— Vous ne vous êtes peut-être pas fait d'amis, quand vous êtes allés voir l'émir ? Soyez prudents, ce soir.

— Bien sûr, papa. Dites à maman que nous l'aimons. Bonne nuit.

Chiun lisait toujours *Contrat* dans le petit salon de la suite.

— Avez-vous vu des petites annonces qui pourraient nous concerner ? lui demanda Remo.

— Non. Aucune. Pas une seule fois je n'ai vu une petite annonce demandant quelqu'un pour tenter en vain d'éliminer le Maître de Sinanju et son disciple ingrat qui laisse tomber les magazines. Pas un mot. Attends que je commence à écrire dans ce magazine ! Alors tu verras sa qualité s'améliorer !

Remo alla contempler Central Park par la fenêtre.

Ces assassins avaient-ils pu être embauchés

par Wimpler ? Ça ne tenait pas debout. Il avait l'air d'aimer faire tout seul son boulot de tueur.

C'était une nuit sans lune. Le parc serait idéal pour un assassin invisible.

CHAPITRE XII

Elmo Wimpler entra dans Central Park par la porte de la 72e Rue Est, quelques minutes après 23 heures.

En chemise et pantalon blancs et portant un sac en papier, il avait autant de chances de survie, en traversant le parc, qu'une côte de bœuf jetée dans une cage de dobermans affamés.

Mais au bout d'une cinquantaine de pas à peine, il quitta l'allée et se jeta dans des buissons, en se félicitant de n'avoir pas été vu.

Wimpler se trompait.

Il avait été vu par Bats Agron. Bats était adossé à un arbre et tripotait dans sa poche son couteau à cran d'arrêt quand il vit Elmo entrer dans le parc ; il s'enveloppa dans sa cape noire et recula dans l'ombre pour l'observer. Le petit homme en blanc était la victime idéale et Agron souriait en le voyant s'approcher.

Là-dessus, le petit bonhomme avait couru

dans des buissons. Un pédé, pensa Agron. Il attendait peut-être son petit ami mais il allait avoir une surprise. Ce serait Bats Agron qu'il rencontrerait.

Le jeune Portoricain retira son couteau de sa poche et le tint dans la main droite, un doigt sur le bouton pour l'ouvrir. Il traversa le fourré et déboucha dans une petite clairière, puis il regarda de tous les côtés. La nuit était noire mais ce type en chemise blanche aurait dû se voir comme un phare. Agron regarda de nouveau autour de lui mais il n'y avait personne.

— Merde, grommela-t-il.

— Vous cherchez quelqu'un ? fit une voix douce.

Elle semblait venir de la droite, tout près. Il se retourna mais ne vit rien, rien que la silhouette d'un buisson. Tournant la tête de l'autre côté, il écarquilla les yeux dans le noir.

Il n'eut pas l'occasion de presser le bouton de son couteau. Quelque chose de métallique s'appuya de chaque côté de sa tête et la voix murmura :

— Adieu, minable.

Un éclair de douleur. Puis plus rien.

Elmo était très content. Il essuya son casse-crâne et le raccrocha à la ceinture qu'il avait fabriquée pour porter son matériel. Depuis qu'il avait déménagé, il avait beaucoup réfléchi au problème de son invisibilité. Il était invisible dans l'obscurité totale, mais, dans la pénombre, on distinguait sa silhouette, sans traits, presque une ombre, mais quand même la silhouette d'un homme.

Comprenant que sa protection serait bien plus grande s'il pouvait changer sa silhouette, il avait façonné, à l'aide de quelques morceaux de carton pliés en long, une espèce de paravent en forme de buisson. Il l'avait peint avec sa peinture noire invisible. Dans le décor obscur du parc, il n'avait qu'à déplier son paravent et toute personne regardant dans cette direction ne verrait que la vague forme noire d'un arbuste, au lieu du contour d'un homme.

Il s'était demandé si ça marcherait. Le cadavre de Bats Agron, gisant à ses pieds avec la tête éclatée, venait de lui répondre. Ça marchait.

En sifflotant tout bas, Elmo replia son paravent sous son bras et partit vers la Prairie, pour son rendez-vous avec les gens qui voulaient qu'il tue l'émir de Bislami.

Il savait peu de chose de l'émir, rien que ce qu'il avait vu au journal télévisé. Mais la politique lui importait peu. Ce qui comptait, c'était que les gens à qui il avait téléphoné étaient prêts à payer chacun un million de dollars pour la mort de l'émir.

Wimpler n'avait pas encore pris sa décision. Devait-il tuer l'émir et clamer son crime sur les toits, en mettant le monde au défi de l'attraper ?

Ou devait-il faire ça discrètement, en professionnel, en tueur anonyme ?

Pourquoi pas les deux ? Il pouvait revendiquer la mort de l'émir. Les gens feraient la queue pour l'embaucher. Le magazine *Contrat* était plein d'annonces de gens cherchant des tueurs. Il n'aurait qu'à choisir.

Mais, d'abord, les deux millions de dollars.

Il se rendait compte maintenant qu'il avait été fou, sur les docks de Brooklyn, d'exiger si peu pour tuer ce témoin fédéral. Mais ça, c'était du passé. La personne qui avait demandé cette petite somme était un minable et ce minable était mort. A sa place, maintenant, et bien vivant, il y avait Elmo Wimpler, Elmo le Tueur Invisible, Elmo le Fléau du Monde.

Il rit tout haut. En pleine euphorie, il tira de sa poche l'oscillateur et le braqua sur un des lampadaires bordant l'avenue traversant le parc. Il pressa le bouton. Le lampadaire crachotta et s'éteignit.

Le premier rendez-vous était fixé au coin sud-ouest de la Prairie. Elmo y arriva un peu avant minuit et vit qu'il n'y avait personne. Il se trouva un coin sombre près d'un massif d'arbustes, déplia son paravent et l'installa par terre. Puis il s'assit derrière, en sortant la tête pour voir toute la clairière. Son compresseur était posé dans l'herbe à côté de lui.

Il songea à sa soirée avec la voisine récalcitrante, Phyllis. Elle l'avait déçu. Peut-être avait-elle été gênée par le bâillon et par ses liens. Mais ça aussi, c'était le passé.

Il n'avait pas besoin de violer. Les femmes viendraient d'elles-mêmes, quand il aurait de l'argent. Elles étaient comme ça. Toutes les femmes. Il songea à sa mère, qui avait trompé son père pendant des années, en l'accusant de ne pas être capable de l'entretenir convenablement.

Souvent, elle rentrait chargée de cadeaux d'autres hommes et elle méprisait tellement son mari qu'elle n'essayait même pas d'expliquer ces cadeaux. Elmo n'avait jamais compris pourquoi son père le tolérait et restait avec elle et, quand elle était morte, il était resté jusqu'au bout à son chevet, en lui tenant la main, en bon mari qu'il était.

Et en grandissant, Elmo n'avait jamais été bien traité par les femmes, parce qu'il était plus petit et plus faible que la plupart des hommes. Il était encore petit, peut-être, mais il n'y avait plus de faiblesse chez Elmo Wimpler. La peinture d'invisibilité avait tout changé. Les femmes se le disputeraient et il se servirait d'elles, il les humilierait et puis il les abandonnerait.

Il jeta furtivement un coup d'œil à sa montre, en retroussant un peu sa longue manche noire. Encore deux minutes avant minuit.

Bientôt.

Il vit quelqu'un apparaître au bord de la Prairie. Deux hommes. Le grand était mince, en chemise et jean noirs. Il avait des cheveux bruns et des yeux renfoncés. L'autre était oriental, vêtu d'une espèce de kimono jaune. Il les avait déjà vus. Quand ils s'avancèrent dans la lumière, il se souvint. Il les avait vus devant sa vieille maison de Brooklyn. Ils venaient interroger Phyllis. Il se souvint que le grand lui avait posé un tas de questions.

La police ? Il ne l'avait pas demandé à l'homme, qui n'en avait rien dit. Mais quel genre de flic portait un kimono ? Quoi qu'il en soit, ils risquaient d'être dangereux et il devrait se débarrasser d'eux avant que la personne qu'il attendait arrive. La présence de ces deux hommes, alors qu'ils avaient enquêté sur la mort de Curt, signifiait qu'ils en savaient plus sur Elmo Wimpler qu'il n'était bon pour eux.

Il pointa son oscillateur électronique sur le plus proche des lampadaires et le grilla. Rapidement, il éteignit quatre autres lumières et la Prairie fut plongée dans les ténèbres.

Tenant devant lui le paravent en forme de buisson, il s'avança dans l'obscurité vers les deux hommes, sûr de lui, sans aucune crainte, hors de leur portée, hors de portée de la police. Il entendit le grand marmonner « Noir », en s'asseyant sur un banc.

— Surtout pour un pâle morceau d'oreille de

cochon qui regarde seulement avec ses yeux et pas avec ses autres sens, répondit l'autre.

Pour Elmo, ça n'avait pas de sens. Furtivement, il avança derrière les deux hommes. Il comptait liquider d'abord le grand.

Il décrocha le compresseur de sa ceinture.

— Je me demande si notre ami est responsable de l'extinction des feux.

— Non, dit l'Oriental. Toutes les ampoules ont décidé de griller en même temps.

— On ne fait plus les choses comme dans le temps, dit le grand.

— Y compris, les disciples et les élèves, répliqua l'Oriental. Et les buissons.

Les buissons ? Elmo se demanda s'il avait bien entendu. Mais ils n'avaient pas pu le voir, non. Il devait avoir mal compris ce que disait ce petit homme jaune. Et qu'attendait-il ? Il était temps d'éliminer ces deux-là.

Il était à trois mètres derrière eux, dans le noir. Quand il arma le compresseur, il y eut un très léger sifflement de la cartouche de gaz alimentant l'appareil à casser les crânes.

Elmo le tint devant lui, sortit sans bruit de derrière son buisson de carton et s'approcha silencieusement des deux hommes. Il ouvrit le compresseur, de la largeur de la tête du plus grand.

Au même instant, il fut surpris de voir la main de l'Oriental se lever, se déplacer dans l'obscurité et passer derrière sa tête pour saisir un des bras du compresseur.

Comment avait-il pu faire ça ? L'appareil était aussi invisible qu'Elmo !

Une coïncidence, se dit-il, mais ce vieux allait la payer. Il allait se retrouver sans doigts.

Wimpler pressa la détente pour libérer l'air comprimé mais les bras du compresseur ne bougèrent pas.

Mauvais fonctionnement.

Impossible.

Il appuya de nouveau, mais, encore une fois, rien ne se produisit. Puis il entendit un drôle de bruit métallique, le bourdonnement de la mécanique qui se révoltait de ne pouvoir effectuer ce qu'elle était faite pour exécuter, et le mécanisme se cassa.

Elmo jeta le compresseur par terre et courut se réfugier derrière son ersatz de buisson. Il entendit les deux hommes se lever et craignit soudain de ne pas être en sécurité, même derrière le buisson, même revêtu d'invisibilité dans les ténèbres.

— Par ici, dit l'Oriental.

Ils venaient vers lui. Il jeta un coup d'œil, puis il entendit du bruit et en vit la cause. A cinquante mètres, dans la Prairie, huit hommes arrivaient en courant. Ils avaient des couteaux. Plusieurs les brandissaient au-dessus de leur tête.

Le grand brun et l'Oriental se retournèrent et Elmo prit ses jambes à son cou, quitta son paravent et détala dans la nuit.

Quand il fut à cinquante mètres, caché dans l'ombre d'un arbre, il regarda. Ce qu'il vit lui glaça le sang dans les veines. Les huit hommes armés de couteaux entouraient l'Oriental et l'Américain à l'expression dure. Il y eut une soudaine explosion d'activité et puis trois des hommes armés restèrent couchés par terre, sans bouger. Sans savoir comment, Wimpler était sûr qu'ils étaient morts et pourtant il n'avait pas vu l'Oriental et l'Américain esquisser un mouvement.

Il regarda encore. Les cinq hommes restants attaquèrent tous en même temps. Et deux d'entre eux s'écroulèrent. Et Elmo n'avait toujours pas vu bouger les victimes visées.

Les trois derniers assaillants reculèrent un peu. Wimpler fut absolument certain que le grand brun n'avait pas bougé du tout. Il croyait avoir distingué un très vague mouvement de l'Oriental mais tout à coup les trois hommes furent par terre et il ne resta debout que l'Oriental et son compagnon.

Wimpler n'attendit pas. Il tourna les talons et courut aussi vite qu'il le put, en s'enfonçant dans le parc, bien décidé à ne s'arrêter qu'une fois de l'autre côté.

Ces deux-là étaient infiniment plus dangereux qu'il aurait jamais pu l'imaginer.

Il les haïssait car, cette nuit, ils avaient réveillé le minable, ne serait-ce pendant un moment. Ils avaient détruit son compresseur et, surtout, le pire, son sentiment d'invulnérabilité.

Il y pensait tout en courant. Ça devait être un coup de chance. L'Oriental n'avait pas pu le voir. Il ne regardait même pas dans sa direction !

Elmo demeurait un homme invisible et il entendait réagir comme le nouvel Elmo Wimpler.

Avec haine et avec puissance.

Il détestait ces deux hommes, le grand mince et le vieil Oriental. Ils paieraient ce qu'ils avaient fait ce soir, en fichant en l'air son projet. Il avait deux contrats prévus, et maintenant il les avait perdus tous les deux.

Il se promit de fabriquer un autre casse-crâne. Les deux hommes lui avaient peut-être rendu service en lui révélant un défaut dans le mécanisme de son arme. Mais ils ne s'étaient pas rendu service à eux.

Ils s'étaient fait beaucoup de tort.

Ils s'étaient placés en tête de la liste des victimes d'Elmo.

Il continua de courir. Il avait un autre rendez-vous.

CHAPITRE XIII

Chiun contempla les cadavres qui les entouraient. Remo avait toujours la tête en l'air et reniflait. Il se tourna vers Chiun.

— Je sais, dit Chiun. Il est parti.

— Vous l'avez laissé filer ! Vous saviez qu'il était là et vous l'avez laissé filer. N'est-ce pas ?

— Une terrible erreur de jugement, murmura Chiun.

Remo avait ramassé le couteau d'un des huit morts. Il tâta le manche d'os et de cuir.

— Ça n'a pas l'air d'un couteau américain.

— Ça ne peut pas l'être, répliqua Chiun. Le manche n'est pas encore tombé.

— Je me demande qui a envoyé ces clowns.

— Et les deux autres, à cette maison. On dirait que nous ne sommes pas seulement chasseurs mais chassés.

— Ouais. Mais vous direz à Smith que vous avez laissé Wimpler s'échapper. Vous le lui direz vous-même.

Chiun posa une main sur le bras de Remo qui se retourna et vit une femme traverser la pelouse. Il reconnut les cheveux et la démarche avant même de regarder sa figure.

La princesse Sarra.

Elle portait une blouse de soie violette, un jean, de hautes bottes à talons et un bandeau assorti au corsage.

Elle avait aussi un pistolet au côté.

Elle s'approcha d'eux et les considéra avec méfiance.

— Altesse, dit Remo.

— Ne vous approchez pas de moi ! dit-elle en braquant le pistolet sur lui.

— Vous avez l'habitude de vous promener à Central Park à minuit ?

— J'ai rendez-vous avec quelqu'un, ici.

— Qui ?

— Quelqu'un qui a répondu à une annonce que j'ai passée...

— Dans *Contrat* ?

Elle ouvrit de grands yeux.

— Comment le savez-vous ?

— Parce que nous avons fait la même chose.

— Et ces... ces types, demanda-t-elle en désignant les huit morts avec son arme, c'est eux que vous veniez voir ?

— Je ne crois pas. Je pensais que vous pourriez peut-être me dire qui ils sont ? hasarda Remo.

— Comment voulez-vous que je le sache ?

— Eh bien, il me semble que c'est pousser un peu loin la coïncidence, que quelqu'un envoie ces huit malfrats pour nous tuer et puis que vous rappliquiez. Vous veniez vérifier le travail ?

— Ne soyez pas grotesque ! s'exclama-t-elle avec indignation. Si j'avais envoyé quelqu'un pour vous tuer, vous seriez mort.

— Alors rangez ce pétard, conseilla Remo.

Elle regarda le pistolet comme si elle avait oublié qu'elle le tenait à la main et l'abaissa lentement.

— Excusez-moi. Je ne savais pas qui je trouverais ici. Il me semblait que c'était le seul moyen d'aider mon frère.

— Vous avez donc mis une petite annonce. C'était risqué, Altesse. Vous êtes venue seule ?

— Non. Pakir est passé chez moi au moment où je partais. Il a insisté pour m'accompagner.

— Où est-il, alors ?

— Je l'ai fait attendre dans la voiture.

— Vous êtes une dame courageuse, dit Remo.

— Je suis toute dévouée à mon frère.

— Alors jetez un coup d'œil à ces hommes et dites-moi si vous les reconnaissez.

Dans le noir, la princesse dut s'accroupir pour examiner les cadavres. Elle les regarda tous avec attention, puis elle se redressa.

— Je n'en connais aucun.

— Merci. Je sais que ce n'était pas plaisant.

— Vous en avez tué tant, rien qu'à vous deux !

— Ils étaient mal entraînés, assura Remo.

Perce Pakir arriva. S'il fut surpris de voir Remo et Chiun, il n'en montra rien. Il ne fit pas du tout attention à eux.

— Altesse ! Vous n'avez rien ?

— Rien du tout.

— Tant mieux. Avez-vous accompli ce que vous veniez faire ?

— Non.

Il désigna le tas de cadavres.

— Qui sont ces gens ?

— Ils ont attaqué nos deux amis et ils ont été vaincus, dit la princesse Sarra.

Pakir se caressa la barbe et examina les huit morts. Il était vêtu d'un simple costume de ville mais les rubis étincelant à ses doigts montraient qu'il n'était pas un homme d'affaires ordinaire.

— Je vous félicite, dit-il à Remo en s'inclinant légèrement puis il s'adressa à la princesse : Je pense que nous devrions rentrer, maintenant. Rappelez-vous, je vous ai mise en garde contre cette action.

— Pakir, dit-elle froidement, je vous conseille de ne pas me parler sur ce ton.

— Je ne veux pas vous manquer de respect mais tout le monde sait que ce parc est dangereux. Je tiens à vous ramener en sécurité.

La princesse se désintéressa de lui et se tourna de nouveau vers Remo.

— Pensez-vous que ces hommes avaient un rapport avec mon frère ?

— Je n'en sais vraiment rien. Que savez-vous de la personne avec qui vous aviez rendez-vous ici ?

— Rien. On a répondu à mon annonce. On m'a dit de faire passer dans le *New York Times* un numéro de téléphone où on pourrait me joindre. Un homme m'a téléphoné. Il m'a dit d'être ici ce soir. A minuit et demi.

— Merci, dit Remo. Un plaisir de vous voir, Altesse, comme toujours.

— Et nous nous reverrons, murmura-t-elle et elle salua Chiun de la tête avant de s'éloigner vers la sortie du parc.

Pakir salua vaguement Remo et Chiun et courut après la princesse.

— Je n'aime pas cet homme, dit Chiun.

— Vous n'êtes sûrement pas le seul.

Remo suivit des yeux Sarra et Pakir jusqu'à ce qu'ils disparaissent. Elle avait une bien agréable façon de marcher.

— Partons, Chiun.

— Pas encore. Il y a une dernière chose.

— Quoi donc ?

Chiun retourna vers le banc. Pas à pas, il s'éloigna dans l'obscurité, hors d'atteinte du reflet de lumière des lampadaires, de l'autre côté de la prairie.

Remo le vit s'arrêter, se baisser et tâter le sol. Il se redressa avec quelque chose à la main, une petite boîte d'où partaient deux bras, comme des pinces de crabe.

Elle était peinte de ce noir profond invisible et quand Chiun rapporta l'objet, Remo trouva vraiment bizarre de ne voir qu'une vague silhouette, même de près. Toute lumière tombant sur le centre de la chose était absorbée, totalement absorbée sans rien renvoyer à l'œil.

— Qu'est-ce que c'est que ça, Chiun ?

— Je crois que c'est ton casse-crâne.

— Où l'avez-vous trouvé ?

— C'était censé faire une bouillie de ta lamentable tête, rendant par conséquent l'extérieur identique à l'intérieur.

— Qu'est-ce que vous voulez dire ?

— Notre homme invisible avait mis ça autour de ta tête quand je le lui ai pris, expliqua Chiun.

— Ah oui ?

— Pourquoi faut-il tout te répéter deux fois ? Oui, il a fait ça, oui.

— Alors c'est pour ça que vous l'avez laissé filer ? Vous étiez trop occupé à me sauver la vie ?

— A vrai dire, ce n'est pas à ça que je pensais, dit Chiun. Je me suis simplement dit que c'était peut-être une invention précieuse, qui valait la peine d'être sauvée, pour le monde. Contrairement à d'autres choses, qui ne valent pas du tout la peine d'être sauvées.

— Petit père, dit Remo.

— Oui.

— Merci.

— De rien. C'est toi qui dira à Smith que l'homme invisible s'est échappé.

CHAPITRE XIV

— Vous l'avez laissé échapper, dit Smith d'une voix aussi glaciale qu'une pente de ski du New Hampshire par une pleine nuit d'hiver.

— Eh bien, à vrai dire, je ne l'ai pas vu, dit Remo.

— Alors comment savez-vous qu'il est venu ?

— Eh bien, à vrai dire, il a essayé de m'écraser le crâne.

— A-t-il réussi ? demanda Smith.

— Ce n'est pas drôle, Smitty !

— Ce n'est pas drôle non plus de l'avoir laissé filer. Je ne sais vraiment pas comment vous vous êtes débrouillé pour réussir ce coup-là !

— Bon, très bien, puisque vous voulez tout savoir. Il est venu. Je ne l'ai pas vu. Il a essayé de me tuer. Chiun aurait pu l'attraper ou me sauver la vie, il avait le choix. Il a décidé de me sauver la vie. A mon avis, il a fait le bon choix.

— Il va falloir que j'y réfléchisse, bougonna

Smith. Aucun moyen d'identification, sur ces huit hommes ?

— Rien du tout. Et la princesse Sarra ne les connaissait pas.

— Vous la croyez ?

— Oui, affirma Remo.

— Elle lui inspire des idées libidineuses ! lança Chiun de l'autre bout du petit salon de la suite.

— Que dit Chiun ? demanda Smith.

— Il dit que s'il avait à recommencer, il me sauverait encore la vie, répondit Remo.

Smith laissa passer.

— Qu'est-ce que vous allez faire maintenant ?

— Me renseigner sur ce magazine *Contrat.* Vous avez mis une annonce et la princesse dit qu'elle en a mis une aussi. Je vais chercher à savoir qui a mis la troisième et voir si ça me conduit à Wimpler.

— Croyez-vous que ça l'intéresse toujours de tuer l'émir ?

— Oui. Je pense que ce n'est pas seulement une question d'argent, pour lui. Je l'ai vu, je vous l'ai dit. Et je crois que ce qu'il cherche, c'est la puissance, un pouvoir. Il ne peut pas nous permettre de l'empêcher de tuer l'émir, sinon toute l'idée qu'il se fait de sa puissance sera dans le lac. Il essaiera encore.

— C'est une théorie intéressante, murmura Smith.

— Tout n'est que théorie, jusqu'à ce qu'on s'aperçoive que ça marche.

— Ne me forcez pas à vous chercher partout, dit Smith. Gardez le contact.

Remo raccrocha. Quand il se retourna, Chiun secouait la tête. Il levait les yeux de son numéro de *Contrat.*

— Ces articles sont épouvantables, déclara-t-il.

— Qu'est-ce que vous leur reprochez ?

— Ils ne parlent que d'argent et d'armes à feu. Et la beauté d'un assassinat parfait ? Et la tradition, l'histoire et la gloire de cet art ? Tout ça c'est écrit par des Philistins pour des Philistins.

— Je sais. Et vous pouvez faire mieux.

— Qui peut en parler mieux que moi ? Alors quand tu iras aux bureaux de ces gens, demande le nom de leur rédacteur en chef. Tu en auras besoin quand j'aurai fini mon histoire, pour eux.

— Et qu'est-ce qu'elle va raconter, votre histoire ?

— Les tribulations d'un assassin civilisé dans un monde de mazettes. Je l'appellerai « Chiun chez les Barbares ».

— Smitty adorera ça.

— Il fera ce qu'il voudra mais je ne lui donnerai pas de pourcentage. C'est déjà assez insupportable d'avoir à te payer deux pour cent.

— Je croyais que c'était trois.

— N'ergote pas pour quelques dollars, Remo. C'est malséant.

Remo trouva les bureaux de *Contrat* dans un immeuble vétuste de la 23e Rue Est, entre Madison Avenue et Park Avenue Sud.

C'était au neuvième étage et des lettres d'argent géantes, à côté de la porte, proclamaient le nom du magazine.

Mais à l'intérieur, l'antichambre était petite et minable. Un homme était assis au bureau de la réception et sa seule utilité dans la vie semblait être de mordre les mollets des visiteurs.

— Ouais ? gronda-t-il à Remo quand il entra.

— Vous trouvez que c'est une façon d'accueillir un homme qui va vous sauver la vie ?

— Ouais ? Comment ça, vous allez me sauver la vie ?

— Peut-être en changeant d'idée, dit Remo, et en ne vous faisant pas ce que vous méritez manifestement.

— Ouais ?

Remo commença à se demander si c'était là l'étendue du vocabulaire de cet homme.

— Je veux jeter un coup d'œil dans vos dossiers.

— Pour quoi faire ?

— Je veux connaître les noms de vos annonceurs et à quelles annonces on a répondu récemment.

— Allez vous faire voir. Nos dossiers sont privés.

— Combien d'autres personnes travaillent ici ?

— Pourquoi vous voulez le savoir ?

— Parce que s'il y a quelqu'un d'autre ici, je n'ai pas besoin de vous et je peux vous fourrer dans votre tiroir.

— Ouais ?

— Ne dites pas ça encore une fois, conseilla Remo.

L'homme se leva. Il mesurait un bon mètre quatre-vingt-quinze et pesait une demi-tonne de plus que Remo.

— Y a personne d'autre en ce moment, ricana-t-il. Alors, c'est rien que vous et moi, mon pote.

Il tendit une main vers Remo, comme un catcheur proposant un bras de fer.

Remo haussa les épaules. C'était mieux que de le tuer. Même avec une main fracturée, il pourrait encore parler.

Il prit la main gauche du géant dans sa droite mais sans exercer de pression.

— Si c'est tout ce que vous avez, mon pote, les gros, gros ennuis vous pendent au nez, dit le colosse.

Lentement, il se mit à serrer la main de

Remo. Remo ne broncha pas et ne bougea pas. Le géant fronça les sourcils.

— Les petits jeux sont finis, pépère, dit-il.

Il exerça assez de pression, dans son idée, pour écraser la main de Remo et le forcer à se mettre à genoux.

Remo ne bougea pas.

Le géant cligna des yeux et son front ne fut plus qu'une masse de plis et de sillons.

— Je suis droitier, se plaignit-il.

Remo hocha la tête. Ils changèrent de mains. Aussitôt, le grand costaud pratiqua une pression maximum, en y consacrant toute sa force et son énergie.

Remo ne broncha pas.

Alors qu'il se disait qu'il serait obligé de réduire en bouillie la main de ce type, le géant dégagea ses doigts.

— Ça va, dit-il. Vous gagnez. Comment vous faites ça ?

— Entraînement et régime frugal.

— Ecoutez, sauf votre respect, vous n'avez pas l'air de vous entraîner beaucoup.

— Ce n'est pas ce genre d'entraînement. Tout se passe dans la tête. Comment vous appelez-vous ?

— Hal Barden.

— C'est vous le rédacteur en chef ?

— Non, tout sauf. On n'est que deux. Mark

Simons, c'est le patron, le rédacteur en chef. Il est à l'intérieur.

— Vous me racontiez des histoires, dit Remo. C'est pas beau, ça.

— Je suis encore là, alors ça n'a peut-être pas trop mal marché, répliqua Barden. Venez, je vais vous conduire.

Au-delà de l'antichambre, il y avait un autre petit bureau encombré, avec un homme assis à une petite table encombrée, armée de ciseaux, de colle et de vieilles coupures de presse jaunies.

— Mark, voilà un de mes copains.

Remo s'avança, la main tendue.

— Remo Williams.

— Ouais, ouais, fit Mark Simons en négligeant la main offerte.

Remo regarda Barden qui haussa vaguement une épaule.

— Remo s'intéresse au magazine, Mark. J'y ai dit que je lui ferai faire le tour.

— Vas-y, grogna Simons.

— Ça vous arrive d'acheter des manuscrits ? lui demanda Remo.

— Des fois. Quand c'est vraiment bon. Vous écrivez ?

— Non, un de mes amis.

— Il sait quelque chose des attentats, des assassinats et des meurtres sur contrat ?

— Un peu, dit Remo.

— Bien. Qu'il envoie tout ce qu'il a. La

plupart des gens qui nous envoient des trucs pédalent depuis trop longtemps dans le pudding. Comme qui dirait qu'ils écrivent *Alice au Pays des Merveilles.*

— Merci. Je le lui dirai.

Barden emmena Remo.

— Venez. Y a une autre pièce, par là derrière.

Il le conduisit dans un autre petit bureau qui avait l'air de contenir tous les dossiers de *Contrat.* Barden désigna un classeur.

— Ça, c'est nos dossiers des annonceurs. Qu'est-ce qui vous faudrait ?

— J'ai besoin de vos annonces concernant l'assassinat de l'émir de Bislami.

— Ouais. Y en avait que pour lui dans le dernier numéro. Deux annonces, au moins.

— Trois, dit Remo. Vous pouvez les retrouver ?

— C'est sûr.

Le colosse ouvrit le tiroir du haut du classeur et feuilleta des enveloppes.

— Vous conservez un dossier des réponses ?

— Ça non. Nous les faisons simplement suivre à l'annonceur. Nous ne les ouvrons même pas. Comme ça, on est peinards avec la loi, pas de pépins... Les voilà.

Il se retourna et remit une mince chemise à Remo. Elle contenait la copie des trois annonces, chacune avec le nom et l'adresse de l'annonceur.

La première, « Refroidir un émir », avait été passée par un certain John Brown, qui avait une boîte postale à Rye, dans l'Etat de New York. C'était Smith, ça, se dit Remo.

La seconde anonce, « Envoyez un monarque à la morgue », avait été insérée par Mrs Jane Smith, avec une boîte postale à New York. Remo la tendit à Barden.

— Vous vous rappelez celle-là ?

— Mrs Jane Smith... Ah dites donc, je veux ! Une grande belle femme, avec des cheveux rouquins fantastiques. Elle s'exprimait très élégamment. Comme une reine, elle était.

La princesse Sarra, comprit Remo. Il considéra Barden avec un respect accru. L'homme avait senti la noblesse innée de la princesse, même quand elle se baladait sous le nom de Mrs Jane Smith.

La troisième annonce, « Avez-vous déjà tué un émir ? Renseignez-vous sur les prix », avait été passée par un certain Mr Riggs, qui habitait du côté des 70ᵉ Rues Est. Remo nota le nom et l'adresse sur un bout de papier.

— Je vous remercie de votre assistance, Hal.

— Quand vous voudrez. Peut-être, si vous revenez, vous pourrez me parler un peu de votre entraînement ?

— Je ferai mieux que ça, promit Remo. Je vous amènerai mon entraîneur.

— Ça, ce serait chouette !

— Attendez de l'avoir vu, conseilla Remo.

Quand il sortit, Barden lui donna le dernier numéro de *Contrat*.

— Tenez. A l'œil.

— Ah, merci ! dit Remo et il le prit en pensant que Chiun serait ravi.

Après le départ de Remo, Mark Simons sortit de son bureau et vint abattre son poing sur celui de Barden.

— Qui c'était ça, nom de Dieu ?

— Dis donc, il était cool, Mark. Tu ne croirais jamais, à le voir tout maigrichon comme ça. Un entraînement spécial et tout...

— Qui c'était et qu'est-ce qu'il voulait, bordel ?

— Calme-toi, quoi ! Il voulait simplement regarder quelques annonces.

— Lesquelles ?

— Celles pour tuer l'émir.

— Et tu les lui a montrées ?

— Je n'allais pas dire non à celui-là ! s'exclama Barden.

— Tu es un con, Hal.

Simons retourna dans son bureau et ferma sa porte à clef.

CHAPITRE XV

Le bouton de sonnette portait le nom de James Riggs.

Remo entra par la porte verrouillée de l'immeuble et monta à pied à l'appartement 3-A. Quand la porte s'ouvrit, il dit :

— Mr Riggs, je viens en réponse à votre annonce.

— Comment avez-vous appris mon nom ? demanda Riggs.

Il était grand, avec des cheveux blancs et des yeux fatigués et rougis.

— Quelle importance ?

— J'ai déjà quelqu'un.

— Je peux faire le boulot mieux que n'importe qui.

— J'en doute, dit Riggs en examinant Remo.

— N'en doutez pas.

— Ecoutez, je regrette, mais quelqu'un s'est présenté qui répond à ce que je veux. Au revoir.

Il claqua la porte au nez de Remo.

Remo prit le bouton de porte et le plia jusqu'à

ce qu'il se casse. Il entendit l'autre moitié du bouton tomber à l'intérieur de l'appartement. Posant sa main à plat, il poussa et la porte s'ouvrit à la volée.

James Riggs était dans l'entrée et regardait la porte cassée. Puis il regarda Remo d'un air plutôt effrayé.

— Enfin... du moment que vous êtes entré...

— Merci, dit Remo. Qui a répondu à l'annonce ?

— Vraiment, je ne pense pas...

— Tant mieux. J'ai l'habitude de traiter avec des gens qui ne pensent pas.

Remo referma la porte et entra dans l'appartement en passant devant Riggs.

— Si vous ne partez pas, j'appelle la police.

— Au poil. Je leur dirai que je viens me présenter en réponse à votre offre d'emploi pour un assassin.

Le mot « assassin » fit grimacer Riggs. Finalement, il alla vers un bar, dans un coin du grand living-room de chrome et de verre, et se versa un plein gobelet à eau de scotch. Il en but la moitié puis il affirma :

— Je ne sais pas. Ce n'était qu'une voix.

— Feriez bien d'expliquer ça.

— J'ai reçu une lettre, en réponse à l'annonce. On me priait de faire passer un numéro de téléphone dans le *Times*. C'est ce que j'ai fait. Un homme a téléphoné, qui m'a donné rendez-vous à la Prairie de Central Park, la nuit dernière à une heure du matin. Je suis parti de chez moi, pour y aller à pied, vers minuit quarante. La rue était obscure. L'homme attendait dans la rue. Je ne l'ai pas vu. Nous avons négocié un règlement.

— Combien ?

— Cent mille dollars.

— Pour tuer l'émir ?

Riggs vida son verre tout en secouant la tête.

— Je ne veux pas faire tuer l'émir !

— C'était ce que disait votre annonce.

— J'avais mis ça simplement pour attirer l'attention. Je pensais qu'une personne prête à s'attaquer à l'émir accepterait volontiers le petit travail simple que je proposais. Une idée comme ça, quoi.

— Qui vouliez-vous faire descendre, en réalité ? demanda Remo.

Riggs hésita. Remo fit un pas vers lui.

— Mon associé, avoua Riggs.

— Vous êtes dans quel genre d'affaire ?

— La publicité.

— Logique, grogna Remo.

Il obtint le nom et l'adresse de l'associé et s'en alla. Au moment où il sortait, Riggs se versait encore un whisky.

— Ne manquez pas de faire réparer cette porte, lui conseilla Remo. Il y a beaucoup de crime, à New York.

Riggs ne connaissait pas sa chance. S'il avait été dans toute autre affaire que la publicité, Remo lui aurait sans doute fait payer son intention d'éliminer son associé. Mais Remo estimait que le meurtre des publicitaires devrait être autorisé par la loi.

Il descendit et, sur le premier palier, il croisa la princesse Sarra qui montait.

— Nous avons l'air de couvrir le même terrain, dit-il. Pas de Pakir, aujourd'hui ?

— Je n'ai pas besoin qu'il me suive comme un petit chien, Mr Schwartzenegger.

— Appelez-moi Remo.

— On m'a dit au magazine que vous étiez passé.

— Inutile que nous fassions la même chose chacun de notre côté. Venez avec moi et je vous raconterai ce que Riggs m'a dit.

Elle réfléchit un instant.

— Vous voudriez que nous travaillions ensemble ?

— Nous sommes du même bord, n'est-ce pas ?

— Je sais de quel côté je suis, Remo. C'est celui-là, votre bord ?

— Oui, affirma-t-il.

— Alors, allons chez moi et causons, proposa-t-elle.

— Très bien. Mais je dois d'abord passer quelque part.

Remo la prit par le bras et la fit redescendre avec lui.

— Où cela ? demanda-t-elle.

Il répéta ce que Riggs venait de lui révéler.

— Nous allons avertir son associé ?

— Non. Il est dans la publicité, dit Remo. Mais je veux voir si Wimpler y a déjà été. Sinon, nous pourrions l'attendre.

Un taxi les conduisit à un immeuble, copie conforme de celui qu'ils venaient de quitter, mais de l'autre côté de Central Park. Remo parcourut les noms sur les boîtes aux lettres, força la porte et ils prirent l'ascenseur jusqu'au neuvième.

La porte était ouverte.

— Restez derrière moi, dit Remo à la princesse.

— Quelle galanterie ! ironisa-t-elle mais Remo perçut un peu de crainte dans sa voix. Elle avait peur. Cela la lui faisait paraître en quelque sorte plus chaleureuse et plus désirable.

L'appartement ne semblait pas avoir été fouillé. Il n'y avait aucune trace de lutte. Remo laissa la princesse dans le salon en lui ordonnant de rester là pendant qu'il jetait un coup d'œil ailleurs.

La chambre était plongée dans le noir. De lourds rideaux empêchaient le jour de pénétrer. En se rappelant combien il avait été près de la mort, dans la nuit, Remo s'immobilisa, affûta ses sens, écouta pour voir s'il n'entendrait pas pas la respiration d'un Wimpler invisible prêt à lui fracturer le crâne avec une batte de baseball invisible.

Mais il n'y avait pas le moindre bruit. Remo entra.

Le corps de l'associé de Riggs gisait par terre. Il devait être en train de se déshabiller quand Wimpler avait frappé. Il était en chaussettes et caleçon ; son costume et sa chemise avaient été jetés sur le dossier d'un fauteuil. A côté de lui, il y avait un téléviseur portable à l'écran fêlé.

Remo entendit derrière lui une exclamation étouffée. Sarra l'avait suivi et elle avait vu le cadavre. Elle pressait un poing sur sa bouche et ouvrait des yeux immenses ; son autre main sur son cœur complétait la pose classique.

— Ne criez pas, dit Remo.

— Je ne crie jamais ! répliqua-t-elle en laissant retomber ses mains.

Remo se pencha sur le corps. La tête avait été fracassée mais pas au moyen d'un appareil spécial. Apparemment, Wimpler l'avait d'abord assommé et puis il lui avait fait tomber le téléviseur sur la tête pour l'achever.

La pub marquait encore un point. L'associé de Riggs était mort. Cette mort n'était qu'un tout petit peu plus directe et rapide que celle qu'inflige la publicité aux Américains.

— Allons, dit Remo à Sarra en la prenant par le coude pour la faire pivoter. Ne touchez à rien.

— Nous n'avertissons pas la police ?

— Non.

Ils reprirent l'ascenseur et, une fois dehors, ils eurent la chance de trouver un taxi en maraude au coin de la rue. Sarra donna son adresse au chauffeur.

Une fois chez elle, un vaste appartement sur les toits dominant l'East River, elle offrit à Remo un verre qu'il refusa. Il y avait des années qu'il n'avait plus goûté d'alcool et la simple pensée de boire ce liquide utilisé pour diluer la laque le rendait malade.

Elle ne se servit pas non plus mais vint s'asseoir sur le canapé à côté de lui, en ramenant ses longues jambes sous elle, et demanda :

— Qu'est-ce que ça signifie pour vous, tout ça ?

— Ce mort ?

— Oui.

— Simplement que j'ai raté le coche avec Wimpler.

— C'est tout ?

— Ma foi... Je regrette de vous décevoir, Sarra, mais ça ne m'a fait ni chaud ni froid.

Il vit tout de suite que cette profession de foi ne la décevait pas. Au contraire même, peut-être, car elle se rapprocha de lui sur le canapé.

— Croyez-vous que ce Wimpler va essayer de tuer mon frère ?

— Oui.

— Pourquoi ? Pour qui travaillerait-il ? Qu'est-ce qu'il a à gagner ?

— Vous avez raison. Il n'a pas de contrat. Il n'en a obtenu aucun de nous pas plus que de vous. L'autre annonce était bidon. Mais le fait est que la tête de votre frère est mise à prix et que ce prix est extrêmement élevé. Ce ne serait pas difficile pour quelqu'un, en particulier un homme invisible, de prendre contact avec quelqu'un qui le paierait cher pour tuer votre frère.

— Oui... Je ne sais pas pourquoi, mais j'ai l'impression qu'il le ferait même s'il n'y avait pas la question d'argent.

Remo fut d'accord.

— Nous parlons d'un homme qui a été une lavette toute sa vie. Maintenant, il a un pouvoir et, la nuit dernière, Chiun et moi avons défié ce pouvoir. Je ne crois pas qu'il puisse se désintéresser de l'émir. Autrement, il démolirait tout ce qu'il essaie de faire de lui-même. Je crois qu'il ne résistera pas à relever le défi.

— Et vous ?

— Quoi, moi ? demanda Remo.

Elle lui effleura le bras, puis la joue et, finalement, la bouche. Elle avait des doigts frais, lisses, délicats.

— Savez-vous résister à un défi ?

— Seulement quand je le veux, Altesse.

Et, cette fois, Remo ne le voulait pas.

Il était près de minuit quand Remo quitta l'appartement de la princesse Sarra et son lit. En descendant, il se sentit curieusement content de lui et essaya d'analyser cette sensation. Depuis longtemps, il était capable de satisfaire n'importe quelle femme. Il était comme une machine, il ne s'engageait pas personnellement, il faisait simplement son boulot. C'était le résultat des vingt-sept paliers que lui avait enseignés Chiun.

En général, Remo allait d'un palier à l'autre avec un détachement clinique, en s'arrêtant à celui au-delà duquel la femme ne pourrait plus rien supporter. Avec les meilleures, ça s'arrêtait habituellement au N° 13.

Le tout bien net, bien précis et mécanique. Et barbant.

Tandis que la technique se perfectionnait, le désir se ratatinait et disparaissait.

Mais pas cette fois.

Il n'y avait pas eu que Sarra pour apprécier leur marathon ; lui aussi. Ça n'avait rien à voir avec l'amour, non plus. L'amour était une émotion de faiblesse, une émotion qu'il s'efforçait de réprimer car il ne pouvait se permettre aucune faiblesse. En tombant amoureux, il serait vulnérable et dans son métier, un homme vulnérable était un homme mort.

Non, il s'était simplement agi d'un sain plaisir physique, dans la joie et la bonne humeur. S'il avait pu en parler à Chiun, le vieux Coréen aurait jugé cela répugnant parce que c'était de la sexualité pure sans aucun but de procréation. Mais ça n'avait rien de dégoûtant. C'était simplement une célébration de la vie, par deux personnes appréciant la vie. Cela avait été heureux, il n'y avait pas d'autre mot.

Préoccupé par ces pensées, Remo sortit de l'immeuble de Sarra sur le coup de minuit précis.

CHAPITRE XVI

Slits Wilson aimait Manhattan à minuit. C'était généralement l'heure où il travaillait le mieux.

Son arme était le couteau et il était très fier des boutonnières qu'il découpait dans le ventre des gens. Il gagnait sa vie avec ce couteau et, tout bien pesé, ne vivait pas trop mal quand il ne prenait pas de vacances aux frais de l'Etat.

Mais ce coup-ci, c'était une occasion de mettre fin une fois pour toutes à ces villégiatures derrière des barreaux. C'était le gros coup et si jamais ça se passait bien, il aurait assez d'argent pour s'installer avec deux ou trois filles. Deux pour commencer, qui arpenteraient le bitume pour lui, ce qui ferait rentrer en masse du billet vert. Ensuite, il prendrait de l'expansion. Une petite affaire de loterie clandestine. Eventuellement, un peu de drogue dans la haute.

Mais, d'abord, ce coup. Le con voulait supprimer un autre con et il y aurait cinq sacs pour

Slits. Le con lui avait dit de s'assurer qu'il avait assez d'aide. Allons donc ! Combien de frères faudrait, pour refroidir un seul blanchet ?

Mais l'homme payait et l'homme insistait, alors Slits avait mis la main sur trois potes et maintenant ils attendaient en face du grand immeuble qu'un Blanc sorte et se jette dans leurs bras.

Willie le Fouet était le bras-droit de Slits. Le premier à qui Slits avait pensé pour l'affaire. Willie n'était pas mauvais avec un couteau, non plus, mais Slits pensait qu'il manquait de style. Willie était grand et maigre, Slits petit et gros et ils avaient le même âge, vingt-six ans.

Willie avait amené son beau-frère, Taylor le Tailleur. Ce surnom lui avait été donné parce que lorsqu'il n'agressait pas les vieilles dames, il travaillait chez un teinturier. Slits espérait qu'il ne foutrait pas la merde.

Le numéro quatre du quatuor était le Gros Louie. Louie mesurait un mètre cinquante et pas grand-chose quand il s'étirait et c'était le plus mauvais mec, le plus dangereux que Slits connaissait à part lui-même.

— Vous ferez juste ce que je vous dis, compris ? ordonna Slits. Y a qu'un mec, mais l'homme dit que c'est un mauvais cul, alors gaffe.

— Vu.

— D'ac.

— Cool.

— Il va sortir par cette porte. Moi et Willie, on sera là. Louie et Taylor, de l'autre côté. Il vient par ici, vous lui filez le train. S'il passe par là, moi et Willie on est derrière lui. Vu ?

— Vu.

— D'ac.

— Cool.

— Bon, maintenant, je lui flanque le premier coup, vu que c'est mon boulot. Après, c'est à vous. Oubliez pas son portefeuille, que ça ait l'air comme quoi il a été agressé. Et puis quand ça sera fini, y aura cent dollars pour chacun. OK ?

— Vu.

— D'ac.

— Cool.

— En position, ordonna Slits.

Le plan soigneusement ourdi, le couronnement de la carrière intellectuelle de Slits Wilson, avait un défaut.

Il prenait Remo au piège qu'il tourne à gauche ou qu'il tourne à droite en sortant. Mais Remo sortit et, sans s'arrêter, alla tout droit de l'autre côté de la rue, laissant derrière lui quatre jeunes gens extrêmement déroutés.

Etant leur chef, Slits comprit qu'il devait

improviser, s'il ne voulait pas se faire dépasser par les événements.

Il courut dans la rue après Remo.

— Hé, arrêtez-vous ! Hé, vous là-bas ! appela-t-il.

Remo se retourna. Il vit trois autres jeunes gens traverser, derrière Slits.

— Qu'est-ce que vous voulez ? demanda-t-il.

— Z'avez du feu ? demanda Slits en réfléchissant vite.

— Où est votre cigarette ?

Improvisant toujours, Slits répondit :

— J'ai dû la laisser tomber.

— Alors vous n'avez pas besoin de feu.

— Merde, quoi, blanchet, j'ai besoin de feu ! insista Slits.

Il n'allait quand même pas se faire détourner d'un bon plan à cause d'un Blanc minable qui ne jouait pas le jeu !

— Frotte ta tête sur le trottoir, ça devrait faire des étincelles, conseilla Remo.

Slits vit les trois autres arriver alors il sortit vivement son couteau.

— M'en vais te découper.

Le blanchet n'eut même pas l'air effrayé.

— Tu ne sais pas parler comme il faut ?

Là-dessus, la main du type bougea plus vite qu'il ne pouvait la suivre et le couteau disparut.

— Merde, ma lame. Willie ! cria-t-il.

Willie bondit en brandissant nerveusement

son long couteau. Soudain, il sentit quelque chose contre sa main et la lame trancha un étroit sillon dans la joue de Slits.

— Merde ! glapit Slits. Tu m'as coupé, connard !

— C'est pas de ma faute, Slits, je te jure !

— Ta gueule et tue-le ! hurla Slits. Vous aussi ! cria-t-il à Taylor et Louie.

Slits contempla ce qui suivit, l'air complètement ahuri, sans en croire ses yeux.

Taylor frappa violemment le blanchet mais soudain le blanchet n'était plus là. Taylor et son couteau continuèrent sur leur lancée et la lame s'enfonça jusqu'au manche dans le ventre de Willie. Le hurlement aigu de Willie déchira le silence de la nuit de Manhattan comme un pic à glace perçant du pain de mie. Pendant que Taylor regardait avec horreur le cadavre de Willie tomber à ses pieds, Slits vit le blanchet le soulever et le jeter la tête la première par le pare-brise d'une voiture en stationnement.

Louie attaqua le type par derrière, avec son couteau, mais l'autre, encore une fois, n'était plus là. Il était derrière Louie. Il le tapa sur l'épaule et quand Louie se retourna, il le frappa dans la poitrine. Avec un seul doigt. Louie s'écroula et Slits devina, sans savoir pourquoi mais avec une terreur certaine, qu'il ne se relèverait jamais.

Où était sa lame ? Slits regarda par terre, de

tous côtés, la rage prenant le pas sur la raison. Je m'en vais trancher ce mec. Le trancher pour de bon.

Juste au moment où il avait la main sur le manche de sa lame, il eut la respiration coupée. Quelque chose le tenait à la gorge et son gosier s'était refermé. Puis il vit la figure du blanchet devant lui, comme si elle flottait dans du brouillard. Le type disait quelque chose, lui posait une question.

— Qui t'a envoyé ?

Merde, pensa Slits. Je ne sais même pas le nom du rien du tout. Rien qu'un Blanc. Il essaya de dire « Je ne sais pas », mais tout ce qui sortit fut un vague « Chsaip » et puis il se rappela le couteau dans sa main et la retourna mais le cercle de fer se resserra autour de son cou et il sentit son cerveau exploser. Le couteau tomba par terre. Et Slits le rejoignit.

Remo considéra le corps. Il n'avait pas voulu tuer ce garçon, mais sa réaction avait été automatique. Et puis sa réflexion était lente et il avait été stupide.

Chiun avait raison, comme toujours. Remo s'était laissé atteindre par une femme et ça l'avait troublé.

Il regarda les trois hommes par terre et les pieds du quatrième dépassant du pare-brise. Rien que des petits voyous ordinaires de New

York. Voleurs à l'arraché et agresseurs de vieilles dames.

Mais qui ? Et pourquoi ?

Il recula et leva les yeux vers l'appartement de la princesse Sarra, soudain pris d'un soupçon. Est-ce que c'était elle qui avait tendu l'embuscade ?

Du coin de la rue, un homme observait la scène. Il secoua la tête. Il avait toujours su qu'ils saboteraient le travail.

Il regarda Remo marcher vers lui. Accoté contre une voiture, il alluma une cigarette et attendit.

Quand Remo fut à dix mètres, il se détacha de la voiture, dégaina un pistolet, visa avec soin et tira une fois.

Et rata son coup.

Impossible, pensa-t-il.

Il tira encore. A cette distance il ne pouvait pas manquer la cible, mais l'autre n'essaya même pas d'éviter la balle. Il continua de marcher tout tranquillement.

Il tira encore quatre fois. Remo venait toujours vers lui. Il saisit son pistolet par le canon et abattit la crosse mais sa victime parut parer le coup sans bouger réellement.

Et puis Remo fut sur lui. L'homme sentit des mains à sa gorge. Il fit sauter un couteau du bracelet à ressort à son poignet et frappa son assaillant entre les deux yeux.

Remo glissa sous le coup mais il entendit alors un craquement de colonne vertébrale. Furieux contre lui-même, il laissa l'homme tomber sur le trottoir.

Un Blanc, celui-là. Il se baissa et lui fit les poches.

Bien. Un Blanc. Avec un portefeuille plein. Remo prit le portefeuille et rentra en faisant du jogging à son hôtel, pour raconter tout ça à Smith.

Mais c'était encore à la princesse Sarra qu'il pensait.

CHAPITRE XVII

— Il était quoi ?

Smith répéta :

— Il était agent fédéral jusqu'à la semaine dernière, quand il a démissionné.

— Pourquoi est-ce qu'un agent, un ex-agent, voudrait me tuer ? demanda Remo.

— Je ne sais pas. J'espère que vous pourrez le découvrir.

— Bon. Au fait, est-ce que Chiun vous a parlé ?

— Non. Pourquoi ?

— Parce qu'il n'était pas là quand je suis rentré, dit Remo.

— Il ne m'a pas téléphoné, assura Smith. Après avoir raccroché, Remo contempla la ville par la fenêtre. Un ex-agent. Vraiment ? Rien n'était plus simple que de faire d'abord démissionner un type, comme ça s'il était pris en train de faire le sale boulot que ses chefs l'avaient envoyé faire, ils pourraient se laver les mains de lui. Il a démissionné. Il ne travaille plus pour nous.

Mais pour que ce soit le cas, il faudrait que le gouvernement des Etats-Unis soit mêlé aux tentatives d'assassinat contre l'émir. Remo n'en aurait pas été autrement étonné. Le pays avait depuis cinq ans la solide réputation de se retourner contre ses amis. Washington était connu dans le monde entier sous le nom de Frousseville. Plus rien de ce que faisait Washington ne pouvait le surprendre, y compris liquider l'émir pour résoudre le problème publicitaire de sa protection aux Etats-Unis.

Pourquoi pas ? Ce n'était pas plus fou que le reste.

Et d'abord, où était Chiun ?

Le chauffeur de taxi n'avait pas voulu aller jusqu'à Sandy Hook, dans le New Jersey, surtout pas pour cette espèce de vieil Oriental qui ne serait pas foutu de lui donner un bon pourboire.

A la manière élégante des New-Yorkais, il avait essayé de le faire comprendre au vieux Chinetoque.

— Naaah ! Pas question que je me trimballe au diable vert parce qu'une fois là, vous me donnerez un pourliche de merde et j'aurai le retour pour ma pomme, alors de l'air, vieux schnock.

Sur quoi, il avait voulu démarrer, tout comme il avait laissé des centaines d'autres passagers en puissance plantés là, en particulier sous la pluie, alors qu'ils se faisaient tremper mais refusaient de payer le double du compteur pour la course. Le chauffeur passa sa vitesse et accéléra.

Et resta sur place.

Les roues ne tournaient pas. Il aurait pourtant juré qu'elles tournaient parce qu'il les entendait et il pouvait même sentir le caoutchouc brûlé. Mais le taxi ne bougeait pas et ce petit vieux était toujours là, à côté de la voiture, les mains sur la poignée de la portière de droite, la tête passée à l'intérieur, en promettant un dollar au moins de pourboire s'il était conduit à Sandy Hook.

— Je vais nulle part ! Le foutu taxi de merde ne démarre pas !

— Je vais arranger ça, dit l'Oriental en kimono bleu.

— Ouais, comment ?

Chiun s'assit à l'avant à côté du chauffeur et, miracle, le taxi démarra le plus docilement du monde. Le chauffeur jeta un coup d'œil au vieux. S'il n'avait pas su que c'était impossible, il aurait juré que le petit vieux retenait la bagnole et l'empêchait de bouger. Mais non. Ce n'était pas possible.

Chiun vit que le chauffeur le regardait et lui sourit.

— Il ne sera pas nécessaire de me parler, en me conduisant à Sandy Hook. Je vous donnerai même un dollar de plus si vous ne me faites pas de conversation. En fait, soyez silencieux et j'irai jusqu'à un dollar vingt-cinq. Je sais que c'est beaucoup mais il y a longtemps que je suis en Amérique et je comprends les coutumes des indigènes.

Le chauffeur ouvrit la bouche pour dire qu'il aurait probablement besoin de s'arrêter en chemin pour faire le plein mais Chiun le fit taire en appuyant un doigt au long ongle sur sa bouche.

— Pas un mot, dit-il. J'ai besoin de réfléchir.

Le silence se fit et dura.

La course jusqu'à Sandy Hook était de quatre-vingt-huit dollars et soixante-dix cents. En insistant pour ne pas être remercié, non, non, de rien, Chiun paya quatre-vingt-dix dollars en monnaie américaine, qu'il prit dans un vieux porte-monnaie de cuir surgi des profondeurs de son kimono de soie. Chiun voulut à toute force que le chauffeur garde tout le reste, un dollar et trente cents, non sans faire observer qu'il n'avait promis qu'un dollar vingt-cinq de pourboire.

— C'est parce que je suis le plus généreux des hommes, expliqua-t-il.

Le chauffeur hocha la tête. Tout ce qu'il voulait, c'était rentrer chez lui.

Le patron du petit bateau de pêche ne voulait pas faire la traversée jusqu'à l'île au large de la côte du Jersey. Il expliqua au petit Oriental en kimono de soie il avait fini son travail, d'ailleurs le poisson ne mordait pas et c'était une bonne journée pour qu'il rentre chez lui, s'allonge à côté de sa petite piscine et prenne une bière. Il n'avait pas compris ce qu'un tel objectif avait de navrant, de faible, de totalement déshonorant jusqu'à ce que le vieil Oriental prenne une de ses cannes à la pêche au gros, faite pour attraper n'importe quoi, du requin et du marlin à une petite baleine, le dégage de son support et tenant le manche épais de cinq centimètres entre ses mains frêles, le casse comme un gressin. Puis Chiun sourit au patron-pêcheur.

L'homme estima qu'une course jusqu'à l'île serait très chouette, un jour comme aujourd'hui et cinq dollars... Il allait avoir cinq dollars, rien que pour lui ? Oh joie ! Il se ferait aussi un plaisir d'attendre à l'appontement que le vénérable Oriental revienne et veuille repartir.

Quand le bateau aborda, Chiun posa les deux morceaux de la canne à pêche, qu'il avait gardés à la main pendant toute la traversée, et répéta au patron qu'il ne devait pas partir avant son retour.

— Quel que soit le temps qu'il faudra, précisa-t-il.

Le pêcheur regarda Chiun, la canne à pêche brisée, et accepta d'attendre.

En sautant à terre, Chiun se demanda pourquoi Remo se plaignait toujours de la difficulté qu'il y avait à utiliser les transports publics. Chiun n'avait jamais d'ennuis.

Les deux gardes, à la porte, étaient une autre affaire mais c'était des fonctionnaires et le rôle des fonctionnaires, dans le monde entier, est d'empêcher les gens qui travaillent de faire ce qui doit être fait.

Ils expliquèrent à Chiun que personne n'avait le droit d'entrer dans la maison sans laissez-passer ; Chiun expliqua à son tour qu'il était nécessaire pour lui de parler à l'émir ; et ils expliquèrent que c'était impossible. Absolument impossible.

Chiun les laissa couchés côte à côte devant la porte. S'il n'avait pas été aussi enchanté d'avoir si facilement trouvé un taxi et un bateau, s'il n'avait pas été d'aussi bonne humeur, il aurait pu leur faire sérieusement mal, mais il se contenta de les endormir provisoirement.

Comme il le fit pour la sentinelle montant la garde à la porte de l'émir.

Quand Chiun entra, l'émir était assis dans son lit. Sa figure s'éclaira à la vue du vieil Oriental.

— Aaah, mon ami, vous n'avez pas oublié de revenir me rendre visite.

— C'est un plaisir pour moi, Votre Altesse, dit Chiun.

— Je m'étonne que mes hommes ne m'aient pas annoncé votre arrivée.

— Ils vous en parleront quand ils se réveilleront.

— Ils n'ont pas de mal ? demanda l'émir en riant.

Chiun assura que non.

— Ce sont de bons soldats.

— Peut-être sont-ils des soldats bien intentionnés, rectifia Chiun. Ce n'est pas la même chose, Votre Altesse.

L'émir hocha la tête et parut réfléchir un moment à cela.

— Votre compagnon, Remo, ne vous a pas accompagné ? demanda-t-il.

Il se tourna vers sa fenêtre et le soleil couchant baigna sa figure d'une lumière orangée, effaçant la pâleur de la mort prochaine.

— Non. Et ce n'est pas une visite, dit Chiun. Je suis ici pour une mission.

— Oui ?

— Avez-vous confiance dans ceux qui vous entourent ?

— Autant que je le dois, répondit l'émir.

— Votre assistant ?

— Pakir ? Il est avec moi depuis bien des années. Oui, j'ai confiance en lui.

— Votre sœur, la princesse ?

— Elle m'adore. Je crois qu'elle donnerait sa vie pour sauver la mienne, affirma l'émir.

Chiun regarda le monarque mourant, en se demandant ce qu'il devait lui révéler.

— Depuis quelques jours, on a attenté à notre vie, dit-il. Les agresseurs étaient des hommes de votre pays.

— Avez-vous leurs noms ?

— Non. Ils n'avaient aucun papier.

— Mais vous êtes sûr qu'ils étaient de mon pays ? Vous savez, beaucoup de nationalités se ressemblent.

— C'est vrai. Mais peu mangent de la même façon. La bouche de ces hommes sentait le parindor, l'épice qui sert à l'assaisonnement de vos plats nationaux.

L'émir hocha la tête.

— Mais pourquoi tenteraient-ils de vous tuer, vous et pas moi ? En supposant que je sois l'objectif final ?

— Peut-être attendent-ils que le prix atteigne son niveau le plus élevé, supposa Chiun. Quand nous avons été attaqués par ces hommes, la princesse est arrivée. En ensuite, Pakir.

— Maître Chiun, j'apprécie vos bonnes intentions. Mais ces personnes ont toute ma confiance. Si elles étaient là comme vous le dites, et je n'en doute pas, alors elles essayaient de me sauver des assassins afin que je puisse attendre ma mort naturelle. Oh oui, je sais que je vais mourir. J'y suis préparé. Vous l'avez vu en m'examinant, n'est-ce pas ?

Chiun le reconnut.

— Nous ferons de notre mieux pour que vous ayez la possibilité de mourir à votre façon, dans la dignité, dit-il.

— Je le sais... Dites-moi, pourquoi ai-je l'impression que nous nous sommes déjà rencontrés, vous et moi ? Ou qu'il y a entre nous un vous et moi ? Ou qu'il y a entre nous un sentiment qui remonte à de très longues années ?

— Nous ne nous sommes jamais rencontrés. Mais nos ancêtres se sont connus, il y a des siècles.

— Sur un champ de bataille ?

— Non. La maison de Sinanju a été engagée pour travailler pour votre maison royale. Le Maître à l'époque a rempli sa mission mais n'a pas été payé. Si seulement je pouvais vous garder en vie, je vous enverrais une facture de la somme.

— Et si je pouvais rester en vie, je la paierais avec joie, déclara l'émir. La Maison de Sinanju... Oui, naturellement, j'ai vu ce nom, dans les archives de notre pays. Je croyais que c'était un mythe, une légende.

— Une légende. Mais pas un mythe. Je vais partir, maintenant.

Quand Chiun fut à la porte de la chambre, l'émir le rappela tout bas.

— Je ne me fie pas aux Américains, lui dit le monarque détrôné. Ils étaient jadis mes amis mais maintenant, je crois que je les gêne. Je crois qu'ils préféreraient que je sois mort. Ce n'était pas comme ça, autrefois..., murmura-t-il mais sa voix mourut, à l'évocation de ses souvenirs, et son corps las succomba au sommeil.

— Il ne vous arrivera rien tant que je vivrai, promit Chiun. Ou bien il y en aura beaucoup pour payer votre mort et la dette.

Mais l'émir n'écoutait plus ; il dormait.

— Où avez-vous été ? demanda Remo quand Chiun revint à leur chambre d'hôtel.

— Est-ce que je dois te rendre compte de tout ce que je fais, maintenant, comme un petit garçon ?

— Non, sans doute pas, grogna Remo.

— Je suis allé voir l'émir.

— Et alors ?

— Je voulais savoir ce qu'il pensait de sa sœur.

— Et qu'est-ce qu'il en pense ?

— Il a confiance en elle.

— Mais pas vous ?

— Je sais seulement que la dame est astucieuse et volontaire et qu'elle t'a aveuglé si bien que tu ne vois pas sous sa peau.

— Ma foi, peut-être pas après ce soir, avoua Remo et, rapidement, il raconta ce qui lui était arrivé alors qu'il sortait de chez la princesse.

— Cette femme est toujours là quand la mort arrive, déclara Chiun.

Le téléphone sonna. C'était Smith.

— Remo, dit-il, j'ai réfléchi.

— Moi aussi, répondit Remo. Si ce type qui a essayé de me descendre ce soir était un agent fédéral, il se pourrait bien que notre gouvernement soit mêlé à une tentative d'assassinat contre l'émir. Si vous voulez toujours que nous le protégions, nous le ferons. Mais nous finirons peut-être par tuer beaucoup des nôtres. Vous voulez risquer le coup ?

— C'est justement à ça que j'ai réfléchi, dit Smith. Alors je me suis encore renseigné. L'homme qui a tenté de vous tuer ce soir, eh bien, ses papiers étaient ceux d'un agent du FBI. Mais il n'était pas l'homme. J'ai fait vérifier les empreintes. Ce n'était pas le véritable agent.

— Qui était-ce ?

— Je ne sais pas, mais il n'était pas un agent du FBI.

Un vague quelque chose frappait à la porte de la mémoire de Remo.

— Ecoutez, dit-il. Le véritable agent. Est-ce qu'il était chargé de garder l'émir ?

— Oui. Il l'était avant de démissionner.

— Bien, alors le type, le responsable de cette mission... comment s'appelle-t-il déjà... Randisi. Comment est-il ?

— Vous l'avez vu, dit Smith. Dites-le-moi.

— Non. Voyez dans vos fiches et trouvez son signalement. J'attends.

Remo entendit Smith poser le combiné et puis le glissement du terminal émergeant du bureau. Il entendit le crépitement des touches du clavier, suivi d'un faible bourdonnement. Quelques instants plus tard, Smith reprit l'appareil.

— Il a trente-cinq ans, des cheveux poivre et sel, des yeux marron. Un mètre quatre-vingt-quatre, cent kilos, une petite cicatrice au coin droit de la bouche.

Remo secoua la tête en écoutant la suite du signalement.

— Au poil. Ce n'est pas le type, Smitty.

— Qu'est-ce que vous voulez dire ?

— Ce n'est pas l'homme que Chiun et moi avons vu dans l'île. Quelqu'un a fait venir un remplaçant. Aussi bien, le vrai Randisi est mort.

Il y eut un silence au bout du fil puis Smith marmonna :

— Ça voudrait dire...

— Ça voudrait dire que tous les agents que nous avons dans cette île sont peut-être bidons.

Ils pourraient faire partie du peloton chargé de liquider l'émir.

— Mais pourquoi ne l'ont-ils pas encore fait ?

De l'autre côté de la pièce, Chiun cria :

— Ils attendent peut-être que le prix soit assez élevé.

— Ils attendent peut-être que le prix soit assez élevé, dit Remo au téléphone en remerciant Chiun d'un signe de tête.

— C'est possible, grommela Smith.

— C'est sûr. Et c'est ce Pakir.

— Pourquoi lui ?

— Il est responsable de la sécurité dans l'île, expliqua Remo. Il doit bien savoir s'il travaille avec des faux agents. Il a certainement vérifié leur identité.

— J'envoie un hélicoptère vous chercher. Ce sera le moyen le plus rapide d'aller là-bas.

— Pourquoi ne téléphonez-vous pas à l'île ? demanda Remo.

— Pour parler à qui ?

Remo réfléchit un moment.

— Essayez la princesse. Elle y est peut-être, maintenant.

— Et si elle n'y est pas ?

— Nous sommes en chemin. Et Smitty...

— Quoi encore ?

— S'il est mort quand nous arrivons, n'essayez pas de me coller encore ça sur le dos.

CHAPITRE XVIII

Elmo Wimpler était blotti sous une couverture, à l'arrière d'un hors-bord de vingt pieds, mouillé à sept cents mètres au large de l'île côtière de l'émir, du côté de l'océan.

Il attendait avec impatience les deux heures suivantes.

Maintenant, il avait de l'argent à la banque, grâce à ce publicitaire mort, et une mission : s'occuper de l'émir et des deux hommes, l'Américain et l'Oriental, qui avaient failli le capturer à Central Park.

Ils avaient un rapport quelconque avec l'émir, il en était sûr. Donc, il aurait des chances de les trouver là, dans l'île où se cachait l'émir. Elmo Wimpler avait une dette envers eux. C'était tout simple. Parce que tant qu'ils vivraient, il y aurait toujours cette menace, l'idée que quelque part dans le monde quelqu'un n'avait pas peur du pouvoir d'Elmo Wimpler.

Il but un peu de thé chaud de son Thermos et

pensa à l'émir de Bislami. Cet homme avait tenu tout un pays dans le creux de sa main et maintenant c'était lui, Elmo, qui tenait la vie de l'émir dans la sienne. Cette idée lui donna des frissons. Et puis n'importe comment, quand il aurait tué l'émir, il trouverait toujours quelqu'un pour payer sa part du prix. Ce magazine avait dit qu'il y avait une prime sur la tête de l'émir, allant jusqu'à vingt millions de dollars. Il en toucherait une partie, il en était sûr.

Dans un bureau du deuxième étage de la grande demeure de l'île, Perce Pakir rangea des cahiers dans un coffre-fort mural, le referma et brouilla la combinaison. Le moment était venu.

La santé de l'émir déclinait. Si Pakir n'agissait pas bientôt, il raterait les contrats qu'il avait acceptés.

L'argent était important, mais ce n'était pas tout, loin de là. Depuis des années, l'émir traitait Pakir en aide de camp loyal, mais jamais en égal, jamais en membre de la famille royale, jamais en ami. Toujours en sujet.

Ça suffisait comme ça. La monarchie de Bislami était morte. Finie à jamais. Il était temps de gratter quelque chose dans les ruines. Pakir entendait gratter dix millions de dollars pour garantir que le détenteur du trône ne retourne jamais dans son pays, ne restaure jamais l'ancienne monarchie.

Il avait conçu son plan le jour même où l'émir, la princesse Sarra et lui avaient fui le pays, devant la ruée des troupes révolutionnaires. Une fois arrivés dans cette île des Etats-Unis, il avait pu convaincre l'émir que c'était à lui-même de s'occuper du dispositif de sécurité, en coordination avec les agents du gouvernement américain. Il avait insisté pour que les agents US vivent dans l'île, par mesure de sécurité. Ensuite, avec la Garde Royale personnelle de l'émir sous ses ordres, il avait accueilli chaque agent américain à son arrivée, s'était débarrassé de lui et lui avait substitué un homme à lui, qu'il faisait venir la nuit, pendant que l'émir dormait.

Il en avait maintenant vingt, sur place, entre la Garde Royale et les agents américains. Mais les agents américains n'étaient ni agents ni bons américains et la Garde Royale était loyale à nul autre que lui. Il était donc temps de supprimer l'émir.

La seule personne qui n'était pas dans son camp était la princesse Sarra. Il espérait ne pas avoir à la tuer aussi. Il avait des projets pour elle.

Cela aurait pu être déjà fait, mais Pakir avait pris le temps de s'arranger avec le nouveau gouvernement révolutionnaire de Bislami.

Et puis cet imbécile de magazine avait fait

passer ces annonces, demandant des gens pour tuer l'émir, et ces deux véritables agents US étaient venus dans l'île. C'était tout ce qui risquait de gripper le mécanisme.

Il avait essayé de se débarrasser de ces deux agents, l'Américain et l'Oriental, et avait échoué. Et il avait essayé de se débarrasser de celui ou de ceux qui accepteraient le contrat pour tuer l'émir. Il ne pouvait pas se permettre de laisser quelqu'un d'autre agir seul, envahir cette île, revendiquer l'assassinat de l'émir et se faire payer. Mais il n'avait pas pu contacter cet homme pour l'éliminer.

Il n'y avait donc plus de temps à perdre. Ce soir, le travail serait fait.

Ensuite, les faux agents US disparaîtraient tout simplement. Les Etats-Unis seraient obligés de parler au monde de l'assassinat de l'émir et de la disparition de près d'une dizaine d'agents. Le monde ne marcherait pas. Le monde aurait simplement l'impression que les Etats-Unis avaient tué l'émir et liquidé ensuite les hommes chargés de faire le coup.

Cela conviendrait à tout le monde. Pakir pourrait toucher à la fois du nouveau gouvernement révolutionnaire bislamien le prix du meurtre de l'émir et des Russes le prix de la mort et du cruel embarras des Etats-Unis.

Et lui... et peut-être la princesse Sarra si elle décidait d'être raisonnable... vivraient l'existence des gens immensément riches. Peut-être en Amérique du Sud... Ou en Suisse. Ou n'importe où. Il y avait très peu de portes, nationales ou privées, qui ne s'ouvraient pas devant un homme possédant dix millions de dollars.

Il était temps.

L'émir se retourna dans son lit. Il ouvrit les yeux, pendant un moment, et les referma, espérant se rendormir. Le sommeil était tout ce qui lui restait. Et la mort ensuite. Il était incapable, maintenant, d'agir sur son destin. Si les nombreux groupes qui mettaient sa tête à prix ne le tuaient pas, le cancer le ferait.

C'était probablement mieux ainsi. Sarra continuerait de vivre sa vie. Ses amis des Etats-Unis, même s'ils l'avaient abandonné quand il avait besoin d'eux, seraient débarrassés de sa présence encombrante.

Et lui-même ne souffrirait plus.

Ce serait probablement le mieux.

La princesse Sarra se glissa dans la chambre de son frère. Il dormait paisiblement et elle s'assit à son chevet, pour attendre... quoi ? Qu'il meure ? Elle se sentait impuissante et se demandait pourquoi elle était venue. Etait-ce parce que son corps avait pris du plaisir avec Remo et qu'elle avait maintenant des remords de s'être divertie alors que son frère était à la fois la cible de divers assassins et de la maladie ?

L'hélicoptère avait déposé Remo et Chiun sur la côte du New Jersey où une vedette rapide les attendait pour les conduire dans l'île.

Quand ils abordèrent à l'appontement principal, Remo grommela :

— Personne. Il devrait y avoir quelqu'un sur cette jetée pour vérifier l'identité des visiteurs.

— Ils n'attendent peut-être pas de visiteurs, dit Chiun.

— Et peut-être ils sont en train de discuter ce qu'il faut faire de ces visiteurs.

Chiun hocha la tête. Ils entendirent le bruit en même temps. Des pas, quelqu'un qui descendait en courant de la grande maison. Quand il déboucha des fourrés, ils le reconnurent.

Randisi, le principal agent fédéral de l'île. Ou l'homme qui jouait le rôle de Randisi.

Il se précipita vers eux, apparemment hors d'haleine, les yeux affolés. Remo fit repasser dans sa tête le signalement donné par Smith : trente-cinq ans, un mètre quatre-vingt-quatre, cheveux poivre et sel. Celui-là avait près de cinquante ans, des cheveux roux et ne dépassait pas un mètre soixante-dix.

— Ils ont envahi la maison, haleta-t-il en saisissant Remo par les épaules. L'émir est en danger. Vous devez vous dépêcher.

— Vous êtes Randisi ? lui demanda Remo.

— Oui.

— Vous avez raison, dit Remo. Nous ne devons pas perdre de temps. Nous devons nous mettre au boulot tout de suite.

— C'est ça !

Remo leva la main et toucha le faux agent sur la nuque, à l'endroit des vertèbres cervicales, où la colonne vertébrale est la plus vulnérable. Elle se brisa et l'homme tomba mort à ses pieds.

Chiun montait déjà vers la maison. Remo le rejoignit.

— S'ils l'ont envoyé en avant avec ce faux avertissement, ils s'attendent à ce que nous arrivions en courant à la porte principale sur le devant.

Immédiatement, ils bifurquèrent à travers le parc et contournèrent la grande demeure de trois étages.

En passant sur le côté de la maison, ils virent trois hommes en costume de ville armés de fusils-mitrailleurs, accroupis au bord de l'allée.

— Sans bruit, souffla Chiun.

Remo hocha la tête. Si l'émir était encore vivant, le moindre signe que Remo et Chiun arrivaient à la rescousse le ferait tuer immédiatement.

Ils passèrent derrière les trois hommes. Quand ils ne furent qu'à deux pas, Remo fit « Psst ».

Les trois hommes se retournèrent. Remo et Chiun frappèrent en même temps. Remo prit celui de droite, Chiun ceux de gauche et du milieu. Sans un bruit, ils moururent, le corps en bouillie sous la peau.

— Quatre, dit Chiun.

— Smith a dit qu'il y avait douze agents fédéraux. Et nous avons vu huit soldats de la Garde Royale. Ça fait au moins vingt, marmonna Remo et il leva les yeux, ajoutant tout bas : Il y en a deux sur le toit. Je vais monter et travailler en descendant. Vous partez d'ici et travaillez en montant. Un de nous deux arrivera auprès de l'émir avant qu'ils aient une chance de le tuer.

Remo courut derrière la maison. Le mur était en briques rouges, légèrement disjointes par le temps, et il n'eut pas de mal à trouver des points d'appui pour le bout de ses doigts et de ses pieds.

Il grimpa le long de la façade en donnant une impression du film à l'envers d'une goutte de pluie ruisselant sur un carreau. Le secret, c'était la pression ; le corps devait maintenir la pression concentrée vers le haut et si cette pression était assez forte et assez concentrée, elle compensait tout à fait la gravité qui aurait fait retomber n'importe qui par terre.

En se hissant sur le toit, il vit les deux hommes, des soldats de la Garde, penchés de l'autre côté, qui regardaient le sol.

Il aurait été très facile de les faire passer par-dessus bord. Facile mais bruyant. Et le silence était de diamant, s'ils voulaient garder l'émir en vie.

Quand il fut derrière eux, il leur donna à chacun une petite tape légère sur l'épaule. Ils se retournèrent. En un clin d'œil, tous deux tombèrent sur le toit. Remo retint les fusils avant qu'ils frappent bruyamment l'ardoise et les déposa avec précaution.

Six de moins. Tout dépendait de ce que Chiun faisait en bas.

Une trappe était ouverte et Remo sauta par là, entre deux autres gardes qui étaient en train d'installer une échelle et s'apprêtaient à monter sur le toit.

Les hommes regardèrent Remo pendant une fraction de seconde avant de réagir. Une fraction de seconde de trop.

Huit de moins. Remo retint l'échelle avant qu'elle tombe.

Il était seul au troisième. Deux étages plus bas, il y avait la chambre de l'émir. Remo se demanda si la princesse Sarra était avec son frère.

Chiun était parti de la porte d'entrée, au moment où quatre hommes sortaient. Chacun était armé d'un fusil-mitrailleur.

Tout ce qu'ils virent, ce fut une tache violette floue, le kimono du soir de Chiun. Quand il eut fini, les quatre fusils étaient réunis en pyramide de bivouac, d'un côté du perron, l'autre étant occupé par les quatre hommes disposés de même. Ils avaient l'air d'un groupe chantant, à un coin de rue de Philadelphie.

Dans la maison, personne n'avait rien entendu.

Remo descendit sans bruit au deuxième. Il y avait deux hommes au bas de la dernière marche. Il les entendit parler.

— Je crois que Pakir rêve, dit le premier avec un accent américain rocailleux. Il n'y a personne, ici.

— Rien que toi et moi, grogna une autre voix américaine.

— Et moi, dit Remo en achevant de descendre.

Les deux Américains pivotèrent, la main sur leur pistolet à la hanche.

Dix. A sa connaissance.

Dans le vestibule, Chiun s'était arrêté, l'oreille tendue. Pas de voix, aucun pas. L'escalier était arrondi et, du rez-de-chaussée, il était impossible de voir le palier du premier. D'un côté du mur il y avait un interrupteur. Chiun l'abaissa et plongea ainsi le rez-de-chaussée et l'escalier dans l'obscurité.

— La lumière s'est éteinte, dit quelqu'un au premier.

— Va voir ce qu'il y a, dit un autre.

— OK. N'importe quoi vaut mieux que de rester planté là.

Chiun courut dans l'escalier jusqu'à mi-étage. Les hommes descendaient. Quand ils tournèrent et purent voir le rez-de-chaussée, Chiun s'avança. Ses mains aux ongles immenses jaillirent des manches de son kimono et se refermèrent sur la gorge de chacun des hommes. Ils se débattirent un bref instant, en essayant d'abord de se dégager, ensuite de crier. Rien à faire. Lentement, Chiun accompagna leur chute jusqu'à l'épais tapis recouvrant les marches. Puis il courut au premier. Remo descendait du deuxième.

Perce Pakir entrait dans la chambre de l'émir. Il avait un pistolet à la main.

Remo et Chiun le virent entrer dès qu'ils arrivèrent sur le palier.

Quatre hommes, deux du côté de Remo et deux du côté de Chiun, virent aussi Pakir entrer dans la chambre.

Ce fut la dernière chose qu'ils virent de leur vie. Remo et Chiun passèrent chacun derrière ses deux hommes et les étranglèrent silencieusement. Ils les laissèrent tomber sur le somptueux tapis de Perse, puis tous deux, Maître et disciple, coururent dans le couloir et se rejoignirent à la porte de l'émir.

— Vous en avez mis du temps, à monter, dit Remo.

— A mon âge, on doit éviter tout mouvement brusque, répondit gaiement Chiun. Chut.

Remo se tut et Chiun écouta à la porte. Il tourna la tête vers Remo :

— Ils sont trois. L'émir, la princesse et Pakir. Pakir est le plus près de nous.

— Alors autant entrer.

Remo se jeta sur la porte, juste au point critique où le lourd battant de chêne et les gonds de bronze étaient mal équilibrés et quand la porte s'ouvrit à la volée, Pakir pivota, l'arme au poing. Chiun entra en enjambant Remo et, d'un mouvement élégant de son pied en pantoufle de feutre, il fit sauter le pistolet de la main de Pakir. Avant que l'aide de camp ait le temps de le récupérer Remo l'avait déjà paralysé en enfonçant ses doigts dans le muscle de son épaule.

— Il allait tuer mon frère, dit la princesse Sarra.

Elle était debout à côté du lit, penchée sur l'émir comme si elle essayait de lui faire un rempart de son corps.

— Je sais, dit Remo.

Chiun ramassa le pistolet et le posa sur la table de chevet, à côté de l'émir.

Les yeux du vieux monarque fulguraient de rage.

— Pourquoi, Pakir ? Pourquoi ?

— Parce que vous alliez mourir quand même ! Parce qu'à votre mort je serai traqué par vos ennemis. Mais si je vous tue, ils ne me traqueront plus et je serai riche. Plus riche que dans mes rêves les plus fous !

— Dix millions de dollars, dit la princesse à l'émir. Votre tête a été mise à prix dix millions de dollars.

L'émir la regarda, puis son homme de confiance.

— Plus riche que dans tes rêves les plus fous ? Ton drame, Pakir, c'est d'avoir toujours rêvé petit.

La main de l'émir surgit de sous les couvertures et se referma autour du pistolet que Chiun avait posé à sa portée. Son bras se leva et il tira. Remo sentit l'homme s'affaisser entre ses mains et le laissa tomber.

— Vous tirez juste, dit-il. Je suis heureux que vous ne m'ayez pas touché.

— Je vous demande pardon, dit l'émir tristement.

— De rien, ne vous en faites pas, je me serais baissé, assura Remo.

— Pas pour cela, dit l'émir. Pour avoir

employé le pistolet. Il fut un temps où j'aurais étranglé ce traître de mes propres mains. Mais aujourd'hui... je ne peux pas.

Il regarda Chiun, qui hocha lentement la tête.

— Les armes à feu suppriment tout le plaisir.

Quelque chose attira alors son attention et il s'approcha de la grande baie donnant sur l'Atlantique.

Il se retourna vers Remo.

— Il y a quelque chose, là-bas sur la mer.

— Un bateau, j'imagine ?

— Un bateau noir. Un bateau très, très noir.

CHAPITRE XIX

Elmo Wimpler était presque prêt à y aller. L'homme qui lui avait loué les bateaux ferait les frais de la plaisanterie quand on les retrouverait, peints en noir, et qu'il se demanderait pourquoi quelqu'un avait voulu abîmer ses beaux bateaux.

Ils avaient réclamé plus de peinture qu'Elmo ne s'y attendait et il se félicita d'avoir préparé de nouveaux bidons de la peinture d'invisibilité. Elle était passée n'importe comment, on ne pouvait pas dire que c'était du travail soigné mais ça ferait l'affaire pour une opération rapide.

Peut-être quand ce serait fini, quand il aurait trouvé quelqu'un acceptant de le payer pour avoir tué l'émir, pensait-il, il s'installerait sur un bateau. Un yacht à lui. Et il ne redescendrait à terre que lorsqu'il voudrait prendre un contrat sur quelqu'un ou pour faire des achats et des provisions. Il ne pensait pas qu'il quitterait son bateau pour une femme. Ça ne l'intéressait plus. Il avait beaucoup réfléchi aux femmes, depuis la nuit où il avait fait tout ce qu'il avait voulu de Phyllis et, franchement, il n'y avait pas de comparaison. Il préférait de beaucoup tuer.

Et ce soir, il tuerait son premier monarque, se dit-il en achevant d'enfiler son pantalon noir invisible.

Il y avait vingt et un morts dans l'île, en comptant Pakir.

Remo téléphona à Smith pour lui dire que l'émir était sauf sinon sain.

— Tous les autres sont morts ?

— Ils étaient tous bidons, dit Remo.

— Je l'espère.

— Ils l'étaient. Et la Garde Royale était dans la poche de Pakir parce que les soldats pensaient que s'ils restaient loyaux à l'émir, ils seraient les suivants sur ce hit-parade-là.

— Vous n'avez pas trouvé de traces de nos authentiques agents ?

— Probable qu'ils ont été jetés à la mer.

— Et la princesse ? demanda Smith.

— Elle va bien et elle n'a rien à se reprocher. C'était la seule, dans cette putain d'île, à ne pas être dans le coup. Je crois que Pakir en pinçait pour elle et voulait la garder en vie.

— Qu'est-ce que vous faites, maintenant ?

— Chiun et moi nous allons après Wimpler. Son bateau est mouillé là au large.

— Est-ce prudent ? s'inquiéta Smith. De laisser seuls l'émir et la princesse ?

— Maintenant si. Je m'en suis occupé.

— Soyez prudents.

Remo raccrocha le téléphone mural dans le couloir et en se retournant, il vit Sarra qui l'observait, du seuil de la chambre.

— L'émir ? demanda-t-il.

— Ça ne va pas. La trahison de Pakir lui a porté un coup terrible. Chiun est avec lui.

— Vous aussi, vous aviez confiance en Pakir ?

— Il me déplaisait, mais je ne pensais pas qu'il se retournerait contre l'émir.

— Il en pinçait pour vous.

— Pinçait ?

— De l'argot, expliqua Remo. Il vous désirait.

— Probablement. Mais je ne le désirais pas. Il n'y a que vous que je veux, déclara-t-elle.

— Merci. Ça bat l'amour à tous les coups.

Elle s'approcha et le serra dans ses bras.

— Vous ferez attention, avec cet autre homme que vous attendez ?

— Ne vous en faites pas. Vous vous rappelez ce que je vous ai dit ?

— Oui. Je ne le comprends pas et je n'y crois pas, mais je le ferai.

— Faites-le, c'est tout, dit Remo et ils retournèrent ensemble à la porte de l'émir.

Chiun se penchait sur l'ancien souverain émacié qui lui parlait.

— Comme je vais mourir de toute façon, j'aurais préféré être assassiné que d'apprendre que Pakir, mon ami, avait comploté contre moi.

Chiun s'emporta :

— C'est stupide !

L'émir parut choqué.

— Comment ?

— Stupide, stupide ! Vous accordez aux autres et à leurs actes le pouvoir de vie et de mort sur vous. Mais si un homme est un homme, il doit gouverner non seulement un pays mais les circonstances de sa vie et les conditions de sa mort !

L'émir réfléchit un moment à cela et finit par hocher la tête.

— Oui. Il ne doit pas y avoir de lamentations pour les traîtres.

— Comment allez-vous, mon frère ? murmura Sarra en entrant dans la chambre.

— Je suis simplement fatigué, souffla l'émir.

— Reposez-vous. Je vais rester avec vous.

— Et, nous, nous seront occupés au service de Sa Majesté, dit Chiun.

Du seuil, Remo répéta à Sarra :

— Vous savez ce que vous devez faire.

— Oui. Je ne comprends pas pourquoi, mais je le ferai.

Alors que Chiun et Remo descendaient, la princesse commença à allumer des bougies. Des bougies prises dans toute la maison. Elle en alluma sur la coiffeuse, près des fenêtres, sur les deux tables de chevet, le secrétaire et la cheminée.

Alors que leur vedette, après avoir quitté l'appontement, contournait la petite île, Remo aperçut la lumière vacillante des bougies dans la chambre de l'émir et sourit. Elmo Wimpler avait peut-être un appareil qui grillait les ampoules électriques, mais il faudrait beaucoup de bouffées d'air pour souffler toutes ces bougies. Et pendant qu'il soufflerait, il ne serait qu'un petit homme vêtu de noir que la princesse Sarra, avec le pistolet de Pakir, n'aurait pas de mal à cribler de balles.

L'émir ne risquait rien.

La vedette avait réduit les gaz, maintenant, et s'approchait lentement de la silhouette noire qui se détachait vaguement sur le ciel étoilé.

— Vous l'aimez vraiment beaucoup, n'est-ce pas ? demanda Remo à Chiun.

— Il était le détenteur d'un grand trône. Il a été remplacé par des chacals qui n'ont ni son courage ni sa force de caractère. Au nom sacré du « peuple », ils vont exalter la médiocrité, la stupidité et la brutalité. J'aime mieux la monarchie, à tous les coups.

— Pourquoi ? demanda Remo. Une monarchie peut être médiocre, stupide et brutale aussi.

— Mais dans ce cas, elle change avec l'élimination d'un seul homme. A cause de cela, les plus grands monarques savent qu'ils doivent gouverner avec intelligence et compassion. Cet homme était un des meilleurs. Le malheureux peuple de son pays comprendra bientôt quel homme il était. Chut... Nous approchons.

Remo coupa le moteur. Le bateau continua de dériver sur son erre vers le grand hors-bord, mouillé à une quarantaine de mètres devant eux.

Elmo Wimpler s'était vite décidé sur l'arme qui remplacerait son casse-crânes.

Un couteau, tout bêtement.

Un couteau invisible qui ferait couler du sang bien visible.

Il avait traité trois couteaux à sa peinture particulière, puis il avait façonné une ceinture avec trois boucles pour y accrocher les armes. Il se promettait, quand il aurait le temps, de s'exercer au lancer. Il serait encore plus redoutable, travaillant dans le noir, et sans l'éclair indiscret d'un pistolet révélant sa position.

Il boucla sa ceinture. Il était temps.

Temps de refroidir un émir.

Il alla jusqu'à l'avant de son bateau. Et de là, il entendit une voix.

C'était l'Américain.

— Y a quelqu'un ? criait-il. Prêt ou non, nous arrivons !

Chiun et Remo s'étaient laissés dériver jusqu'au hors-bord mais de tout près, sans la silhouette sur le fond des étoiles, ils ne le voyaient plus. Ils se hissèrent hors de leur embarcation et grimpèrent le long de la coque, en trouvant des points d'appui sur la paroi lisse, là où il n'y en avait aucun.

Elmo ne put en croire ses yeux. Ces deux individus du parc surgissaient, enjambaient la rambarde, mettaient le pied sur le pont. L'Américain et l'Oriental. Ils l'avaient retrouvé.

Il recula dans l'ombre, ramassé sur lui-même dans un coin de la plage arrière. Il n'était pas question de les laisser intervenir. Pas maintenant. Pas alors qu'il était si près du but !

Il attendit qu'ils soient tous les deux sur le pont puis il dégaina un de ses couteaux. Ils commencèrent à aller et venir et, soudain, il remarqua quelque chose.

Leurs pieds ne provoquaient pas le moindre bruit.

Des hommes normaux faisaient forcément du bruit, en marchand sur le bois d'un pont.

Alors... Est-ce qu'ils seraient anormaux... surhumains ?

Elmo chassa vite cette pensée. Pas le temps. Il devait se débarrasser d'eux et s'occuper de l'émir.

Il se redressa et fit un pas vers l'Américain. Mais les deux hommes se tournèrent dans sa direction. Pourtant, il n'avait fait aucun bruit. Comment avaient-ils su ?

L'Oriental lui pointa un doigt en plein dessus, en disant :

— Là.

Comment pouvaient-ils savoir ?

— C'est fini, Elmo, dit le grand. Tout est fini. Retour à la case départ, à Pitreville, mon petit vieux.

Non. Non ! Pas maintenant ! Jamais !

Wimpler lança dans l'obscurité de la nuit un couteau invisible sur le grand Américain et vit l'Oriental écarter le Blanc. Et il vit le couteau frapper l'Oriental en pleine poitrine... manche en avant.

Zut !

— Un couteau, dit Chiun et Remo hocha la tête.

Elmo en tira un autre de sa ceinture, le tint devant lui et s'élança.

Il ne vit pas bouger la main de Remo, mais quelque chose heurta son poignet. Le couteau s'envola par-dessus bord.

Il recula vivement et dégaina le dernier couteau. Il resta parfaitement immobile, en se disant que s'il ne bougeait pas, ils seraient obligés de venir à lui. Il était l'Ombre, la terreur des hommes, l'homme au pouvoir de vie et de mort sur les autres.

— Il ne bouge pas, Chiun, dit Remo.

— Il est là, je le vois. Il a un autre couteau.

— Du gâteau, dit Remo.

Elmo serra la main sur le manche et s'humecta les lèvres. Chiun se rapprocha de lui d'un côté, Remo de l'autre.

Voilà. Ils étaient à portée, facile.

Wimpler frappa de toute sa force, en visant le cou maigre du vieux Coréen. Mais soudain, le vieillard n'était plus là.

— Tu peux arrêter de bouger, dit sa voix à l'oreille d'Elmo, mais tu ne peux pas t'arrêter de respirer. Nous te trouverons toujours.

Fou de rage et de dépit, Elmo frappa de nouveau avec sa lame la frêle silhouette en kimono. L'Oriental para le coup sans aucune difficulté.

Puis l'autre passa derrière lui. Elmo les regarda à tour de rôle, en balançant devant lui le couteau invisible. Mais il soufflait bruyamment et les autres évitèrent ses coups portés au hasard. Ce n'est pas possible, pensa-t-il. La plus grande invention de tous les temps, réduite à néant à cause de sa foutue respiration !

Il lança le couteau sur l'homme blanc, le manqua, et la lame alla valser quelque part sur le pont.

Wimpler ne pouvait absolument pas se faire prendre. Non. Ils gâcheraient tout. Ils le rendraient visible. Ils feraient de nouveau de lui un rien du tout minable.

Il ne pourrait pas le supporter.

Alors il se précipita vers la rambarde, à l'arrière.

— Chiun ! La rambarde !

Elmo sauta à l'eau.

Le bond avait été instinctif et suicidaire, mais sans le vouloir et même sans y penser, il atterrit dans la petite embarcation à moteur électrique, la barque de pêche qu'il remorquait. Il l'avait peinte pour aller silencieusement jusqu'à l'île de l'émir. Il retomba en tas dans le fond du youyou.

Il mit en marche le moteur électrique et largua la courte amarre. Même ce petit bateau avait été traité à la peinture invisible, et maintenant les deux autres ne le trouveraient jamais.

Remo savait que Wimpler sautait et il fût surpris d'entendre un choc sourd à la place d'un plouf. Il courut à la rambarde au moment où le moteur électrique se mettait en marche. Cet enfant de salaud avait un petit bateau invisible ! Remo regarda le sillage bouillonner et décrire une courbe. C'était comme si un gros poisson s'éloignait rapidement du grand bateau.

— Chiun, il a une embarcation. Mettons ce truc-là en marche.

— Trop lent. Il sera caché dans l'obscurité, le temps qu'on démarre. Nage.

Remo plongea dans l'Atlantique plutôt frisquet. Il écouta un instant puis il perçut le son ténu du sillage du petit bateau, envoyant de minuscules vagues contre sa figure. Il allongea son corps à la surface et se mit à nager vers l'embarcation, en forçant son corps à s'élever en même temps que l'eau, en laissant le courant l'envelopper et le tirer, jusqu'à ce qu'il ne fasse de mouvements que pour changer de direction.

Wimpler s'était retourné au moment où Remo plongeait. Il se demanda si ce fou allait réellement essayer de le rattraper à la nage. Est-ce qu'il se figurait qu'il nageait plus vite qu'un bateau à moteur ?

Mais, sous ses yeux ahuris, le nageur gagnait sur lui.

Comment était-ce possible ?

Comment ce type pouvait-il nager plus vite qu'un bateau ?

Et comment pouvait-il voir ce bateau invisible ?

Elmo devina la réponse à sa deuxième question. L'homme suivait le sillage et le léger bourdonnement du moteur électrique. La peinture invisible ne servait à rien. Le bateau révélait magnifiquement sa position.

Il chercha à distancer le nageur qui, incroyablement, paraissait prendre de la vitesse sans réellement nager. Il repoussa la barre et fit décrire à son embarcation un large cercle. Remo restait dans le sillage.

Le cercle se resserra de plus en plus, autour du gros bateau.

Wimpler avait un plan. Sous son banc, il trouva un petit aviron d'aluminium. Il décrivit un nouveau cercle et regarda derrière lui. Remo suivait, à quinze mètres à peine.

Cette fois, Elmo changea de cap d'un coup sec. Le bateau revint vers l'intérieur du cercle et quand il donna tous les gaz, l'embarcation releva le nez et fonça droit sur le grand hors-bord. Wimpler attendit un moment, en rectifiant son cap, visant la grande silhouette noire immobile, profilée contre des nuages blanchâtres. Puis il alla se mettre debout à l'avant. Quand le bateau entra en collision avec le hors-bord, il faillit perdre l'équilibre mais se retint et sauta sur le pont, la pagaie d'aluminium à la main.

Chiun, dans un coin du pont, se retourna au moment où Elmo se précipitait sur lui, prêt à lui abattre sa pagaie sur le crâne. Wimpler avait alors l'intention de bondir ensuite aux commandes du hors-bord et de fuir ce fou qui le suivait à la nage.

Il abattit donc la pagaie sur la tête de l'Oriental. Elle frappa quelque chose. Mais alors, il se trouva soudain dans les airs comme un sauteur à la perche, effectuant un vol plané au-dessus de l'océan.

Elmo avait encore toute sa tête quand il plongea dans l'eau glaciale. Son instinct lui disait de nager. Mais il n'avait fait que trois brasses quand ses bras se fatiguèrent et ses jambes s'alourdirent. Il se mit à couler.

La panique.

Les vêtements avec lesquels il avait fabriqué sa tenue devenaient de plus en plus lourds en s'imbibant comme une éponge et sa plus grande invention — sa peinture d'invisibilité — se boursouflait et formait de grosses bulles qui se remplissaient d'eau. Elle enflait, devenait encombrante. Il sentit cette expansion et cette nouvelle épaisseur appuyer contre ses bras et ses jambes, rendant les mouvements plus difficiles.

Il ouvrit la bouche pour appeler au secours mais elle se remplit d'eau. Il hurla, mais ce ne fut que dans son esprit.

Il essaya de réfléchir.

Se débarrasser des vêtements. Se déshabiller.

Il essaya, seulement l'étoffe lui collait à la peau. Ses bras refusaient de bouger, de suivre son ordre d'arracher les boutons et de se libérer.

Il avait l'impression de porter une armure.

Il s'engourdissait. Il avait sommeil.

Et puis, finalement, il ne sentit plus rien du tout.

Remo se hissa à bord du gros bateau.

— Qu'est-ce que tu fais ? lui demanda Chiun.

— Il s'est écrasé, Chiun. Il est rentré en plein dans ce bateau-ci. Il a dû couler comme une pierre.

— Je sais qu'il a coulé comme une pierre, pauvre clown blanc. Je l'ai jeté par-dessus bord. Mais son uniforme. Te rends-tu compte que nous pourrions faire fortune avec ça ?

— Quoi ?

— Tu ne vois pas les possibilités ?

— Je me fous des possibilités comme d'un cul de rat ! cria Remo. Vous n'êtes qu'un vieux grigou goulu.

— Tu ne veux pas être riche. Tu veux que mon peuple meure éternellement de faim, soit éternellement opprimé, soit…

Tout valait mieux que d'écouter toute l'histoire. Remo contempla la mer calme. Il y avait un très léger petit tourbillon de vaguelettes, à cinq ou six mètres. Il se demanda quelle était la profondeur en cet endroit.

— Ma foi, bougonna-t-il, puisque je suis déjà mouillé.

Chiun l'encouragea d'une petite tape dans le dos.

Remo replongea. Quand il arriva au tourbillon, il descendit tout droit vers le fond. Il ne pouvait pas juger de la profondeur, mais il la sentait à la pression sur ses poumons. Devant lui, il vit enfin Elmo Wimpler. Le petit homme avait les yeux ouverts sur les horreurs de la mort. Aucune bulle ne montait de sa bouche béante. Ses cheveux flottaient autour de sa figure comme une bande de serpents anarchiques. Il était arrivé à cette profondeur où le poids de son corps était égal à celui de l'eau qui l'entourait et il y restait en suspens, sans descendre ni remonter. Un jour, quand les gaz de la décomposition se seraient formés, la densité du corps changerait, il s'allégerait et remonterait à la surface comme un bouchon.

Remo tendit la main pour le saisir et s'aperçut que le costume de Wimpler s'était gonflé comme un ballon. Ses bras et jambes paraissaient soudés. Le tissu était couvert de grosses bulles qui éclataient, se désintégraient et glissaient dans l'eau en emportant de petites écailles de peinture.

Il empoigna Wimpler par le cou et remonta en le remorquant. Arrivé au bateau, il hissa le cadavre sur le pont et le suivit.

— Pas beau à voir, hein ? dit-il à Chiun.

— L'eau a détruit son secret, se plaignit Chiun. Ou le sel.

— Ouais. Quelque chose grille sa couverture.

— Rejette-le.

— Pardon ?

— Je te dis de le rejeter à l'eau. Ce costume ne sert à rien et il est mort alors il ne sert à rien non plus.

— Alors je le rejette, comme un poisson ?

— Rejette-le, comme n'importe quoi que tu voudrais rejeter. Un poisson, une pierre, un sac de billes. Rejette-le à l'eau et retournons à l'île.

— Bof, fit Remo.

Il souleva le cadavre, le balança par-dessus bord et le lâcha.

Elmo fit un bien plus grand plouf que n'importe quel poisson trop petit rejeté à la mer. Le gros bateau pencha. Remo eut l'impression qu'il s'enfonçait un peu. Il alla se pencher de l'autre côté et regarda la coque. Il y avait une grande déchirure. La peinture invisible avait été arrachée et les tôles tordues. Le gros bateau sombrait.

Qu'il coule, pensa Remo.

— Allons-y, cria-t-il à Chiun. Il est temps de rentrer à la maison.

Chiun le suivit dans leur petite vedette. Ils larguèrent l'amarre et retournèrent vers la côte, vers le New Jersey, la princesse Sarra et l'émir.

Quand ils arrivèrent, le premier soin de Remo fut de téléphoner à Smith, de l'appareil du rez-de-chaussée.

— C'est fini, annonça-t-il.

— Wimpler ?

— Mort. Au fond de l'Atlantique.

— Son costume invisible ? demanda Smith.

— Vous devenez comme Chiun, maugréa Remo. L'eau salée l'a détruit.

— Et l'émir ?

— Ça allait, la dernière fois que nous avons regardé. J'imagine que maintenant, ils peuvent se détendre un peu.

— Pas tellement, dit Smith. Il y aura toujours quelqu'un pour vouloir sa mort, Remo ; quelqu'un d'autre va embaucher un tueur à gages ou un mercenaire ou toute une armée. Je vais envoyer de nouvelles forces de sécurité ce soir, pour le garder. Surtout ne le quittez pas avant que tout le monde soit en place.

— Soyez tranquille, Smitty.

Remo raccrocha et se tourna vers Chiun qui paraissait tout triste.

— Allons, Chiun, du nerf. Montons.

Personne ne répondit quand ils frappèrent à la porte de l'émir. Ils entrèrent et le trouvèrent allongé sur le dos, les bras en croix dans une grotesque parodie de la mort. Mais ce n'était pas une parodie parce que toute vie avait quitté le corps du monarque. Il avait un sourire aux lèvres.

La princesse Sarra était assise à côté du lit, la tête sur ses bras repliés. Elle pleurait. A côté d'elle, il y avait le pistolet avec lequel elle devait protéger son frère. Les bougies brûlaient encore.

Elle releva la tête quand Remo et Chiun entrèrent.

— Remo...

— Je sais.

— Il est mort il y a quelques instants. Il dormait et il s'est arrêté de respirer, tout simplement.

Elle dit cela d'une voix désespérée et implorante, comme si elle espérait que Remo pourrait faire quelque chose et ranimer l'émir.

— Ses ennuis sont finis, dit-il.

Chiun s'avança au pied du lit et s'inclina très bas.

— Je salue en vous un grand monarque, un noble fils d'un noble trône.

L'émir fut enterré aux Etats-Unis. Les dirigeants de son pays, qui avaient offert des millions de dollars pour le récupérer vivant afin de le tuer, refusèrent son corps dans la mort et le privèrent du repos dans sa terre natale.

A la terrasse d'un café d'University Place, à New York, Smith demanda à Remo :

— La princesse ?

— Je l'ai mise dans un avion.

— A quelle destination ?

— Je ne l'ai pas demandé.

Chiun était assis à la petite table, la mine

sombre, et déchirait une serviette en papier en fines bandelettes.

Smith le désigna de la tête en interrogeant Remo des yeux.

— Il est comme ça depuis que nous avons perdu la peinture invisible de Wimpler.

— Mais ces échantillons que vous nous avez gardés et sa voiture dans le garage devraient nous suffire, pour reproduire la formule, dit Smith.

Chiun releva vivement la tête.

— Et qu'est-ce que vous en ferez ? demanda-t-il.

Smith fit un geste vague.

— Nous la remettrons au ministère de la Défense. Il doit y avoir une application militaire quelconque, j'imagine.

Chiun se remit à déchirer sa serviette, tout malheureux en voyant la peinture noire invisible perdre toute possibilité d'investissement commercial.

— Faut pas vous en faire, voyons, lui dit Remo. Entre de mauvaises mains, cette peinture aurait pu servir à bien des vilaines actions, Chiun.

— Cite m'en une !

— Eh bien, on aurait pu l'utiliser pour peindre Sinanju. Alors le sous-marin de Smitty, rempli d'or, n'aurait jamais pu retrouver le village.

Chiun dit quelque chose de très sec, en coréen.

— Qu'est-ce qu'il a dit ? demanda Smith.

— Croyez-moi, répondit Remo. Vous ne voulez pas le savoir.

— Essayez toujours.

— Il a dit que lorsqu'il sera un écrivain internationalement célèbre, on ne le traitera pas comme ça.

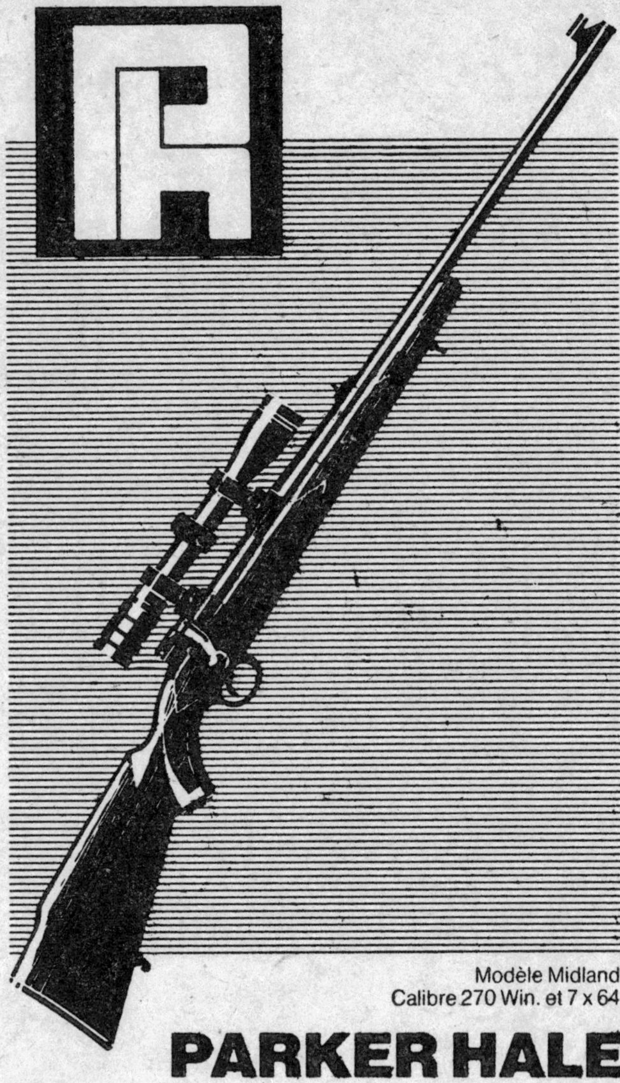

Achevé d'imprimer en décembre 1984
sur les presses de l'Imprimerie Bussière
à Saint-Amand (Cher)

— N° d'édit. 11259. — N° d'imp. 2498. —
Dépôt légal : janvier 1985.

Imprimé en France